Herstellung und Verlag:
BoD – Books on Demand, Norderstedt
ISBN: 978-3-7528-5690-3

Crossdresser ein Leben im Verborgenen
Es geht auch anders

Biographie

von
Nancy Morgan

Inhalt

Widmung

Hier, einen lieben Gruß an meine Ehefrau, ich möchte mich bei Dir bedanken, für das Vertrauen in all den Jahren. Wir meisterten unser Leben zusammen und Du an meiner Seite so manches erdulden musstest.

Ein besonders, lieben Dank verdient Michael Bartke, der mich hilfreich unterstützte, beim Erstellen dieser Auflage. Leider kam es nicht zu einer Freundschaft und bin überzeugt, dass in der heutigen schnelllebigen Zeit zu schnell davon die Rede ist.

Später entwickelte es sich besser. Ich sehe Dich als Leidensgenosse oder Kumpel, Du hast meinen Respekt. Das geschah nicht immer in diesem Sinne, es lag im Wesentlichen an der exzentrischen Art meinerseits.

Und jetzt reden wir von Liebe, wie konnte ausgerechnet mir so was passieren? Dafür bin ich dankbar! Ich hoffe, wir bleiben Seite an Seite. In Liebe, deine Nancy.

Vielen Dank für deine Beharrlichkeit, mit mir.

Gez. Nancy Morgan

Vorwort:

Ich nenne mich in meiner Biografie, Nancy Morgan. Ein bewegend aufregender Überblick, die Trennung von meiner Affäre, mit dem Kosenamen Bärchen. Um das Erlebte besser zu bewältigen, beschloss ich, meine Geschichte aufzuschreiben, bis in die heutige Zeit Ende 2019. Anfangs war diese private Aufzeichnung für mich persönlich gedacht. Es möge mir künftig daneben geschehene Lebensabschnitte ins Gedächtnis rufen, auf welche Weise ich meine Vorlieben lebte und erlebte. Die Zeit als ich Crossdresser wurde, die Frau im Mann sich deutlicher manifestierte. Dankbarkeit dafür, dass ich derlei Einzigartigkeit weiterhin erfahren darf. Es ist nicht selbstverständlich auf unserer schönen Mutter Erde! Man bedenke, es gibt zur Zeit viele Länder, die in der Öffentlichkeit das Zeigen solch Lebenseinstellung mit aller Härte verurteilen. Unter schlimmsten Bestrafungen verfolgen, zum Beispiel mittels physischer und psychischer Folter, um den Willen zu brechen, im Sinne des Umerziehens zum sittlich, angepassten Normalen. Ich bin dankbar in einem Land, geboren zu sein, das die Menschenrechte per Verfassung gesetzlich, erheblich, verankert. Aus diesem

Grund schreibe ich jene Geschichte für alle Gleichgesinnte und Interessierte.

Wie akzeptiert ist das Crossdressing in unserer Gesellschaft?

Im Allgemeinen ist die Gesellschaft wohl offener geworden. Es gibt ständig verbessert, perfektere Gesetze gegen Diskriminierung, das »Allgemeine Gleichbehandlungsgesetz.« Aber wie sieht es im täglichen Leben aus, wenn jemand etwas Fremdartiger in der so, hochgepriesenen, toleranten Gesellschaft sein Dasein fristet, anders aussieht und sich anders kleidet. Selbst auf dem Lande scheint es nicht mehr so viel Voreingenommenheit zu geben. Nachzulesen in einem Artikel im Spiegel über einen schwulen SPD – Bürgermeister in einen bayrischen Ort. Gut, das hat zum Crossdressing jetzt nicht einen direkten Bezug, sagt unter aller Deutlichkeit einiges aus. Dennoch habe ich Gegensätzliches hier und da erfahren. In meinen kleinen Heimatstädtchen in Lennep sind die Menschen vor Ort toleranter, als wie in manchen angeblichen aufgeschlossenen Metropolen, wie Köln, Düsseldorf, Duisburg und vielen anderen großen Ballungszentren.

Wie sieht es im persönlichen Umfeld aus? Was für Folgen beschwört das Crossdressing für Begleiter herauf? Wie wird man als Frau, Kind, Freund, Freundin und Partner eines Crossdresser`s angesehen? Was macht es mit einem Menschen, wenn er sich offenbart vor dem Partner oder Freunden? Kann ich mich als Crossdresser anderen Menschen »zumuten«? Jemand der einen Beruf mit Kundenkontakt ausübt, daneben unangemeldet vorbei schaut, peinigen bestimmt keine oder weniger Probleme damit. Wenn ich als Crossdresser in einen Laden gehe, Kleidung ausprobiere, wie sehen Andere mich mit Ihren Augen? Werden sie hinter mir tuscheln, vielleicht mich noch auffällig mustern, wie eine ungepflegte Person? Wie sieht es aus mit unseren Mitmenschen im direkten Umfeld, denen Wir mit unserer Vorliebe für praktizierendes Crossdressing unter Umständen in eine »heile Welt« platzen. Wo für solche exzentrische Einzelwesen kein Platz ist? Faktisch muss die Frage lauten, ab welchen Status im Leben erwächst Crossdressing zu ein Problem? Ich möchte Sie, meine Leser, diese persönlichen Erfahrungen zuteilwerden lassen. Aufräumen mit Klischees. Ich werde mit Fotos aufzeigen wie ich als Mann aussehe und das Erscheinungsbild, nach der Verwandlung. Gelingt es mir, dass Sie über das Thema Crossdressing lebhafte Diskussionen führen, so freue ich mich darüber zur Klarheit, sowie zur Widerlegung eventueller Vorurteile einen Beitrag zu leisten. Ich wünsche Ihnen gute Unterhaltung und Freude mit dieser Lektüre.

Nancy Morgan

Kindheit

Ich versprach mir durch die Unterstützung einer Psychotherapie, ab da, als sich zeitweise die Leiden an Aggressionen zu ungünstig auswirkten. Die zutiefst vertrauenswürdige Therapiepersonalie diagnostizierte: Das kann daher kommen, dass Sie sich in der Kindheit mit Gewalt zur Wehr gesetzt haben. Zum Glück wohlgemerkt! Was nicht jeder kann. Sie haben bisher damit Erfolg und das ihr Verhalten gegenwärtig noch teilweise so prägt ...

Fangen wir damit an, geboren bin ich in Remscheid – Lennep. Den 07.12.1960, da war die Welt vermeintlich in Ordnung. Die normale Arbeiterfamilie, wie das so war, in den frühen Siebzigerjahren, hatten materiell sowie finanziell nicht übertrieben gehobene Ansprüche, wie heutzutage. Wir wohnten in der Wohnung meiner Großeltern. Sie waren Herzens gute Menschen, aber viel zu früh von mir gegangen, ich hatte die liebsten Menschen meiner Familie verloren. Mit acht Jahren meinen Großvater. Ich kann mich mühelos daran erinnern. Als wäre es gestern gewesen. Mutter sagte zu mir, Opa ist jetzt im

Himmel, ein Jahr später betraf gleiches Schicksal meine Oma ebenfalls. Die einzigen Menschen, bei denen ich verwöhnt wurde, sowie zum Kuscheln gerne verweilte. Meine Mutter war nicht gerade der Kuscheltyp, eher mein Vater, na ja, dazu kommen wir letztendlich später. Ich weiß ansonsten, dass wir in eine kleine Wohnung, mit circa zwei Zimmer, umgezogen sind, wo ich, im Schlafzimmer meiner Eltern eine klappbare Liege zum Schlafen hatte. Das war etwa in meinem neunten Lebensjahr. Es war nicht gerade schön, manches mit zubekommen, was nachts über ablief: Wenn die Eltern dachten, ich würde schlafen und weiß sogar das es Sonntag war, früh morgens zehn Uhr; meine Mutter stand mehr oder minder eher auf, um Frühstück zu machen, und mein Vater von der Bettkante zu mir des Öfteren ins Bett kam. Ab da war alles anders: Ich lag auf der linken Körperseite mit dem Gesicht zur Wand. Er hinter mir, ich werde dieses triebgesteuert, lechzende Stöhnen nie vergessen, wie er meine Schlafhose herunterzog, um an meinen kindlichen Genitalien zu spielen. Doch ich wusste sehr wohl, was er wollte. Ich hatte ältere Freunde, die einen aufgeklärt haben, da derzeit die Schulen, in diesem Sinne, die Aufklärung fahrlässig versäumten. Okay, »Aufklärung« zu der

Zeit war, man hatte hier und da was aufgeschnappt. Es hatte einem als Kind sowieso keiner der Erwachsenen für voll genommen, man musste immer artig, gehorsam sein und die Babys brachte der »Klapperstorch«. Aber egal, ich sah mich gezwungen, mein »Nein«, meinen biologischen Erzeuger mit striktem Nachdruck notwendigerweise beizubringen. Zum ersten Mal, denn es war ja fatalerweise in der Situation nicht anders ausführbar, mein selbstbestimmtes »Nein« in der Richtung durchzuboxen. Er störte sich einfach nicht daran, was sein Fehler war: Lach, ja heute kann ich darüber lachen und berichten, gute vierzig Jahre habe ich geschwiegen. Mein Vertrauen war ab da, zu ihm beendet. Was war, passiert: Ich war zu diesem Zeitpunkt im Judoverein, um auch mehr Selbstvertrauen zu bekommen; diesem selbstbestimmten »NEIN« habe ich mit meinem Ellenbogen strikt Nachdruck verliehen, ihm dabei die Nase gebrochen, da es mit freundlichen Worten nicht ging. Mein Vater hat einen Schrei ausgestoßen. Meine Mutter kam ins Zimmer, sie fragte, was hier denn los sei. Als sie das Blut gesehen hatte, rechtfertigte ich, voller Scham, dass Papa mal so sehen wollte, was ich beim Judo gelernt habe, denn er bezahlt's ja auch! Danach hat er nie wieder versucht mich, libidinös, zu betatschen.

Zurück in die Kindheit.

Wochen später als meine Oma von mir ging, war die ehemalige Wohnung leer. Wir zogen zurück. Ich bekam endlich mein eigenes Zimmer. Jetzt ein Jahr später, war ich ja nicht mehr der Traumsohn, den mein Erzeuger bevorzugte. Mein Vater kam auf die Idee meinen Vetter aus Italien zu uns nach Hause zu holen. Er war siebzehn Jahre alt. Für mich natürlich abermals, darf man das so sagen, »Die Arschkarte«, vorher stolz ein eigenes Zimmer zu haben, jetzt schon wieder teilen! Wir mussten zumindest nicht in einem Bett schlafen. Er bekam ein Sofa, sprach bislang kein Deutsch, das war eh nicht schlimm. Ich habe es ihm, mühselig, nach und nach beigebracht. Sein Beruf war Maurer, genau wie bei meinem Vater. Ich hatte ein angenehmes Verhältnis zu ihm. Er war ein Freund und Vater-Ersatz, das Beste, man konnte sich ihm gegenüber öffnen und ebenso wohltuend kuscheln. Warum ich das erzähle: Er wurde zu meiner innigst, männlichen Bezugsperson. Das hat ausschlaggebenden Einfluss, auf mein jetziges Leben. Einer der

Auslöser, dass ich zunehmend Männer verstärkt erregender fand. Gut, ich ahnte einst nicht, was es für mich künftig bedeuten wird. Jetzt war es so, dass ich mich zu ihm hingezogen fühlte und unter dessen Bettdecke kroch. Da nörgelte ich, solange bis er mich in den Arm nahm. Über kurz oder lang nahm ich meine Hand und legte die auf sein Glied. Ich zog erst weg, bald legte ich meine Hand freiwillig darauf und merkte die Erregung von ihm. Mir gefiel es. Er hat weiter nichts gemacht. Er meinte: »Sage nichts deinen Eltern!« »Nein, mach ich nicht«, war die Antwort von mir. Ich hatte Angst ihn zu verlieren. Gleichermaßen sah ich den Vorteil, leichter an die ersehnten Süßigkeiten zu kommen. Circa zwei Jahre intensive Vertrautheit, wir haben uns öfters aneinandergeschmiegt. Unerfreulicherweise zog er wegen einer Frau aus. Mein Vater hat zur selben Zeit Deutschland verlassen müssen.

1972 bis 1978

Entwickelt sich im Alter von 12 Jahren ein Fetisch?

Ich musste früh, als Kind, selbstständig Einkaufen gehen. So habe ich schon einiges mitbekommen. Diese netten jungen Damen, die an der Kasse im Supermarkt saßen. Sie trugen

Kittel sehr knapp, sie zeigten sehr viel Bein. Ich starrte gerne dahin, jetzt mit dreizehn Jahren umso häufiger. Es waren nicht die Beine an sich, eher wo sie drinsteckten, in einen Hauch von dünnen etwas Aufregendes, manchmal in Farben, Schwarz, Natur, Rot oder Grün, mit oder ohne Verzierungen. Sie sollten die Beine verhüllen, was sie ja auch in gewissermaßen taten, doch gleichzeitig wurde auch meine erotische Fantasie entzückt. Ich konnte nicht davon ablassen, auf diese Stelle zu starren. Mich durchdrang dabei ein kribbeliges, aufregendes, dennoch sehr leidenschaftliches Entzücken, die sie bei mir auslösten. Es waren nicht die Frauen an sich. Nein es waren genauso »ältere Damen«, die dieses Verlangen verursachten. Die prallen Schenkel, die aneinander rieben, dieses Knistern auf der Haut. Da dachte man, wie muss es sich anfühlen, diese Beine zu streicheln. Was für ein Gefühl es sein müsste, so etwas zu tragen, sich dabei selber zu berühren. Es kam ein Tag, wo ich für meine Mutter, auch Strumpfhosen kaufen sollte. Sie hat mir die Größe aufgeschrieben. Ich dachte so ein bis zwei Nummern kleiner, könnte mir auch passen. Ich nahm etwas von dem Taschengeld, kaufte mir auch ein Paar von diesen, aber habe es extra bezahlt, nicht das es aufflog. Das wäre mir peinlich gewesen, es meiner Mutter zu erklären, was es damit auf sich hat. Obwohl ich mit jedem Problem, zu ihr hinkommen konnte, unser Verhältnis war sehr gut, ich vermisste meinen Vater nie. Ich war so nervös, als ich das Paket in den Händen hielt, konnte es nicht abwarten, es zu öffnen. Ich musste nur sehen, wie ich es unbemerkt in mein Zimmer bekomme, ohne das Mama es sah. Ich nahm das Paket aus der Tasche, versteckte es unter meinem Pullover, schleuste es so in mein Zimmer und fühlte mich so aufgeregt. Ich konnte es kaum abwarten, bis es Nacht wurde, sodass ich es unentdeckt auspacken konnte, wenigstens einen Blick auf diese zu werfen. Sie zu berühren, daran zu denken, dass da die Beine von den Damen darin seien, alleine der Gedanke daran, löste einen orgasmischen Höhepunkt aus. Die selber anziehen kam noch nicht infrage, da meine Mutter mich überraschen konnte. Ich muss warten bis meine Mama, die Wohnung verließ. Alleine ohne mich! Sie ging Samstag zum Friseur, der sich in Sichtweite zu meinem Zimmer befand. Ich wartete ein paar Minuten, um sicher zu sein, dass sie auch dortblieb. Ich war so aufgeregt, das ich bei dem Versuch, die Strumpfhose anzuziehen, diese beinahe zerriss. Mit Mühe und Not gelang es. Soeben diese angezogen, hörte ich den

Schlüssel im Schloss, unserer Eingangstür. Meine Mutter rief etwas von, sie habe ihre Geldbörse vergessen. Wie vom Blitz getroffen lief es mir kalt und warm den Rücken runter, meine Mama wollte in mein Zimmer hinein kommen. Ich stürmte zur Tür meines Zimmers und brüllte: »Nein, nicht hereinkommen, ich bin nicht angezogen.« Meine Mutter war überrascht auf meine Reaktion und fragte: »Ist alles in Ordnung mit dir?« Ich reagierte mit einem Ja. Sie: »Na gut bis nachher« Wie in einem Selbstgespräch, während sie die Wohnung wieder verließ, rief sie laut aus, mein Sohn wird erwachsen, da muss ich mich auch noch daran gewöhnen! Erleichtert und nass geschwitzt, musste ich auf diesem Schrecken erst einmal zur Ruhe kommen. Dann beruhigt zog ich meine lange Jeans an, ohne die Strumpfhose auszuziehen. Das Gefühl war so unbeschreiblich herrlich! Wie soll man es beschreiben, kühl? Nein, es war ein befreiend, prickelndes Gefühl. Es erweckte in mir den Drang, diese nie ausziehen zu müssen. Bei jeder Bewegung dieses spannende Knistern zu spüren, da dachte ich, warum muss ich ein Junge sein? Warum konnte ich nicht ein Mädchen sein? Immer dieses Empfinden zu haben, wie jetzt. Aber haben Frauen auch so Gefühle dabei? Ich weiß es nicht, ich denke, es ist alltäglich für sie. Ich habe es ein paar Tage ausprobiert, bis die Strumpfhose zerriss. Es hat mich ein paar Monate begleitet, diese Erfahrung. Es kam allerlei Unerwartetes dazwischen, das noch spannender sein sollte, wie das zuvor erlebte.

 Mit dreizehn Jahren war ich körperlich feminin gebaut. Ein von Aussehen, mädchenähnliches, Geschöpf, was manchen älteren Männern auffiel und es diesseits zu anzüglichen Angeboten kam; ob ich nicht Lust habe, mit zu ihnen nach Hause zu gehen. Wie wenn ich es nicht wüsste, was das wohl damit auf sich hat? Ich lief in diesem Fall schnell davon. War derzeit schüchtern und derartige Anspielungen waren mir nicht geheuer. Was das Ansprechen von Mädchen betraf, wurde ich, na logisch, schnell verlegen. Angeblich hatte ich wenig Zeit für Mädchen, waren meine Ausreden. Die meisten meiner Freunde hatten demzufolge manche Erfahrungen mit Freundinnen, ich nicht. Ich ahnte, da schlummert in mir ein befremdliches Begehren aus vergangenen Tagen. Ausgerechnet machte ich derlei Erfahrung mit meinem besten Freund im Alter von vierzehn Jahren. Warum das so war, ist mir zu diesem Zeitpunkt bislang nicht klar gewesen. Ich hatte um keinen Preis das Bedürfnis, eine Freundin zu haben. Ich interessierte mich vor allen Dingen für meinen Kampfsport und kämpfte mich nach Möglichkeit, von Vorteil, durch die Schule. Erwartungsvoll begann ich eine Arbeit in einer Firma, die Obstkonserven herstellte, für drei Stunden am Nachmittag pro Arbeitstag. Derart konnte ich meiner Mutter finanziell brauchbar helfen und mein Taschengeld aufstocken. Eines Tages kam ein anderer Umstand dazwischen.

Ich wurde 14 Jahre alt.

Da kam der Tag, der mich prägte für mein Leben. Ich hatte einen gleichaltrigen Freund, er war im Judoverein, wie ich auch. Wenn ich bei ihm zu Hause war, haben wir die Judogriffe trainiert. Eines schönen Tages meinte er:

»Was hältst du von Mädchen?«

»Keine Ahnung. Es ist doch noch Zeit damit, oder? Und du? Wie ist das mit dir? Hast du schon eine Freundin?«

»Nein, ich hab doch dich!«

»Hm? Wie meinst du das?«

»Sage ich nicht.«

Damit wollte ich mich aber nicht zufriedengeben und bohrte nach. Kurz darauf meinte er:

»Lass mich doch, ich hätte besser nichts gesagt.«

»Nun sag schon, was ist los? Wir sind doch beste Freunde und beste Freunde sagen sich alles.«

»Ich habe Angst, wenn ich dir das sage, bist du weg und dann bin ich alleine.«

Ich quengelte mit einem: »Komm, so schlimm kann es nicht sein. Also sag schon!«

»Okay, aber nicht Lachen, ich steh auf dich!«

»Hm, wie meinst du das?«

»Ja so komische Gedanken – wache nachts auf – denke an dich und du weißt, was ich meine. Ich mache es mir ..., du weißt schon!«

Ich musste so etwas von lachen. Er: »Siehst du, jetzt lachst du mich doch aus!« Plötzlich nahm er mich mit geübter Handbewegung in den Schwitzkasten. Mein Freund lag auf mir halb drauf. Wir rangelten, wer ist wohl stärker? Ich gab auf und breitete meine Arme aus, klopfte ab. So tat man das immer. Er strahlte und kam zu mir und gab mir einen Kuss, mitten auf dem Mund. Ich war überrascht, aber es gefiel mir und gab ihm auch einen Kuss. Das ging auf diese Weise hin und her und schaukelte sich schließlich ekstatisch auf... Er meinte: »Das machst du auch nicht zum ersten Mal.« »Nein, ich habe es bei meinem Vetter schon früh gelernt«, war meine Entgegnung. Ab dem Zeitpunkt waren wir nicht nur beste Freunde. Sondern ein verliebtes Paar, bis zum 18. Lebensjahr.

∗∗∗

Es war eine aufregende Zeit. Vier Jahre, in jener Epoche, wo es strafbar war, nach den sogenannten, Schwulen-Paragraf (175). In diesem Fall lag ja ebenso der Reiz an der Sache. Leider nahm diese Beziehung ein jähes Ende: Er musste wegziehen, wegen seiner Eltern, denn anno war man erst mit 21 Jahren volljährig. Das war ein schlimmes Erlebnis für uns, hiernach kam die Trennung. Ich bin den Tränen jetzt wieder nahe, wo ich diese Zeilen schreibe. Wir haben uns eine Weile viele Briefe geschrieben, dennoch ließ es stetig nach, bis diese Art der Kommunikation komplett abbrach. Ich hatte mir geschworen, nie mehr mit einem Mann so eng zu leben, mit dem Gedankenspiel mich schon damit zu engagieren. Das ging etwa dreißig Jahre gut. Ich stand unmittelbar nach der Trennung von meinem ersten so innigsten Freund, nur noch auf weibliche Wesen. Nach ein paar Versuchen mit Frauen im gleichen Lebensalter, wurde mir bewusst, dass es nicht mein Ding war. Mit einundzwanzig Jahren traf ich zufällig Eine, Rita. Sie war über 40 Jahre alt und sie hatte einen

Sohn, der zu dem Zeitpunkt vierzehn Jahre alt war. Es ging eine ganze Weile mit ihr und plötzlich, Schluss! Für ein paar Jahre erfreute ich mich kein Interesse mehr an festen, tiefen Lebensbeziehungen, weder Abenteuer dieser Art, die doch meist mit einer Enttäuschung enden. Ich bekam einen Schäferhund, den ich ausbildete in meiner knappen freien Zeit. Ich war mit meinem Beruf und dem wichtigsten Hobby über alle Maßen ausgelastet. Dem Kampfsportarten Taekwondo, dass ich neben dem Judo angefangen habe, zu erlernen. Zu dem Zeitpunkt errang ich den ersten Dan-Grad. Die fernöstliche Mentalität vertritt die Philosophie: Bist du Meister in einer Disziplin, werde Schüler in einer neuen. Das war mein Lebensinhalt. Doch jetzt wurde mir vor Augen geführt, wie sich durch manch, banale Ereignisse mein Lebensgefüge ändern wird, als eine Neue im Betrieb kam. Sie ist ab da meine Arbeitskollegin, mit ihr sollte ich mein berufliches Tageswerk absolvieren. Doch daraus ergab sich mehr! Sie ist bis heute, an meiner Seite. Man muss dazu erwähnen, diese Frau, Gemahlin, hat es nicht immer leicht mit mir. Jetzt sind zweiunddreißig Jahre her, als wir zusammen kamen. Wir leben zwar eine herzliche Ehebeziehung, allerdings irgendetwas fehlte.

Meine Frau darf keine Kinder bekommen. Das ist deswegen für mich kein Grund sie aufzugeben, oder?

2012 im Alter von jetzt 51 Jahren
 Aber wie gesagt ich wurde mit der Zeit aggressiv, manchmal reichte ein falsches Wort und ich ging hoch wie eine Rakete. Als ich einem Lieferanten, der mich mit seinem Autospiegel streifte, obwohl er gar nicht auf dem Gehweg parken durfte, zur Rede stellte. Und er meinte, ich sollte mich verpissen, da habe ich ihm die Autotür eingetreten. Das war auch der Zeitpunkt, wo ich beschloss, einen Arzt aufzusuchen, ich habe ihn gebeten, mir etwas zu geben, was mich ruhig stellen sollte. Mit den Nebenwirkungen, dass ich eine Persönlichkeitsveränderung durchlebte. Es kamen die Gedanken auf, an früher. Die Zeit mit meinem Freund, es war schmerzhaft. Ich kämpfte dagegen an. Der Drang war stärker. Meine Vergangenheit holte mich wieder ein. Ab jetzt beginnt eine Geschichte, die sechzehn Monate angehalten hat. Und ich jetzt zum Crossdresser, geworden bin.

2013 Auf Begehrung

Am 15.04.2013 war das erste richtige spontane Treffen mit einem Mann in meinem Leben. Es war ein Sonntag im April und morgens noch kalt. Wie immer sonntags, hatte ich Langeweile. Ich dachte mir, schreib doch einmal eine Kontaktanzeige. Gesagt getan, Er sucht Ihn. Als ich dachte, das gibt sowieso nichts, bekam ich eine E-Mail, hallo, ich bin der Torsten. Aber ich nenne Ihn mein Bärchen, was er dann auch war. Also Bärchen meinte, ich komme auch vom Hasenberg, können wir uns Montag treffen? Gegen sieben Uhr an der Haltestelle Talsperren Weg, kennst du ...? Ich schon nervös, okay sieben Uhr bin ich da! Und dann war meine Frage an Ihn, was wollen wir machen? Er antwortete, gehen wir in den Wald. Wir können ja ... »Blasen«, gegenseitig! Ich antwortete, okay, weißt du einen Platz? Der Wald ist groß, wir finden schon etwas! Den ganzen Tag habe ich gewartet, dass es Montag wird. Die Nacht, kaum ein Auge zu gemacht, so nervös war ich. Man muss sich vorstellen, nach so vielen Jahren wieder, das erste Mal, wo ich Sex mit einem Mann haben wollte. Montag, »ich«, fünf Uhr aufgestanden, ab in die Wanne. Ich zog nur meine Laufsachen an, keine

Unterwäsche, muss ja alles schnell aus und angezogen werden. Man weiß ja nicht wer einen überrascht dabei, so mein Gedanke. Es war ja auch für mich, das erste Mal Outdoor und spontan.

an der Haltestelle

Ich war ab 6 Uhr 30 an der Haltestelle und wartete auf Ihn. Nach zwei verpassten Bussen, kam ein junger Mann an mir vorbei, ich sprach ihn an. Aber er war es nicht, schaute aber neugierig, wer weiß, was er dachte? Er schaute sich immer wieder um. Ich dachte schon, das ist wieder Mal Fake, da kam ein kräftig aussehender Mann, mir entgegen. Ich dachte, wenn du, den jetzt anquatscht, haut der dir eine rein. Aber was soll's, werde mich schon wehren können. Dem war nicht so! Ich wieder, hallo, guten Morgen, bist du der Torsten? Er, nee! Ich, Mist, oh entschuldige! Ich gab es auf, das Warten, und ging zum Wald. Ich dachte, geh laufen, doch dieser Mann kam zu mir und ganz schüchtern sagte, ich bin doch der Torsten. Er, es ist das erste Mal für mich. Ich hatte gar keine Lust, es war ja so kalt! Ich nun, okay, und verärgert, Schön für dich! Und nun? Er, können ja einen Platz suchen. Er war aufgeregt, mein Bärchen, mehr wie ich. Ich war am Frieren, sonst nichts! Von Aufregung bei mir keine Spur! Als wir einen Platz gefunden hatten, standen wir uns gegenüber und ich sagte, nun? Er keine Ahnung, ist schon irgendwie komisch, ich hatte voll Lust gehabt. Dann sagte er, nee ..., bin so ... nervös. OK, soll ich anfangen? Zögernd ein, Ja, von Ihm. Ich hockte mich hin und es war nicht gerade bequem. Ich öffnete seinen Gürtel, knöpfte seine Hose auf, zog sie langsam runter, er war schon erregt. Er hatte keine Unterwäsche an, also wippte mir etwas entgegen. Ich schaute mir »Ihn« sehr genau an und sagte, dass »Der« mir sehr gefällt. Ich fing an, zärtlich »Ihn« zu stimulieren – mit dem Mund, was Ihm und »Ihn« offensichtlich gefiel. Nach einer Weile wurde es Ihm nun kalt. Dann er, ich will es auch mal bei dir probieren, wie das ist. Ich wollte es ihm einfacher machen und zog mich aus. Er war noch sehr unerfahren und versuchte es dennoch. Es gefiel mir, aber wir hörten auf, weil der Platz einsehbar war und wir Stimmen hörten. Wir zogen uns an, gingen spazieren und redeten, als wenn wir uns schon lange kannten, es war schön. Ich begleitete ihn bis zur Bushaltestelle, er musste zur Arbeit. Ich sagte, es war nett, dich kennenzulernen. Er meinte, wir können ja in Kontakt bleiben! Ich gab ihm zum

Abschied die Hand, dann ging ich laufen. Kaum war ich zu Hause, bekam ich eine Nachricht von ihm, ob ich Sonntag, wenn das Wetter schön ist, ihn treffen könnte, gegen 10 Uhr? Es hatte ihm gefallen das Zusammen sein und Reden, ab da hatten wir uns regelmäßig getroffen. Später so nach einem Monat auch bei ihm zu Hause. Innerlich bewegte mich diese erste Begegnung, weil ich mir so meine Gedanken machte, wie dass wohl weitergeht ...

Das Wiedersehen

Das Wiedersehen nach einer Woche. Wir, damit meine ich mein Bärchen und ich, meine Person unter dem Pseudonym namens Nancy. Wir hatten unser erstes Treffen, ja montags und waren so über den einen oder anderen Tag per E-Mail in Kontakt. Er erzählte von seiner Arbeit und ich, dass ich geil auf ihn sei, was ihn freute und belustigte. So manche Fantasie, die wir nie ausgelebt haben, spielten eine große Rolle bei der weiteren Kommunikation zwischen uns. Voller Sehnsucht erwartete, ich seine Antwort, auf meine Frage, bleibt es bei Sonntag zehn Uhr? Ich musste den ganzen Tag auf seine Antwort warten und zweifelte dazu, bin kein geduldiger Mensch, aber es half ja nichts, musste geduldig ausharren! Als ich schon nicht mehr daran glaubte, kam plötzlich seine Antwort mit einem Ja, na klar bleibt es dabei, es hatte mir sehr gefallen und vielleicht klappt es ja, jetzt schon besser mit uns. Bin aber immer noch nervös! Ich sagte, es gibt aber keinen Grund dafür. Ich beiße nicht! Nur wenn du es möchtest, und musste Lachen. Ich freute mich, auf Sonntag, noch zwei Tage. Dann war es soweit, man noch so lange! Es war Sonntag, mein Handy klingelte mich aus dem Bett, man die ganze

Woche hab ich mich darauf gefreut, dass es Sonntag sein sollte! Jetzt keinen Bock, heute so früh aufzustehen! So fragte ich mich, habe ich überhaupt Lust darauf? Nur weil ich oder wir die ganze Woche Lust darauf hatten, heißt es ja nicht, dass man diese heute hat, oder? Aber es half ja nichts! Ich habe leider zugesagt und gut ist! Ich machte mich startklar, frühstückte mit meiner, damals noch, ahnungslosen Frau. Packte meinen Trainingsrucksack, sagte, ich gehe zum Training. Bis Mittag! Ich war mal wieder ein wenig zu früh unterwegs, wartete und wartete, aber niemand, kam. Ich, aha! Wieder geleimt worden! Na gut, ich habe wenigstens Trainingssachen dabei, gehe zum Training! Ich hatte, ein komisches Gefühl. Ging noch einmal zurück und da stand er bedröppelt an der Bushaltestelle und meinte, entschuldige! Habe verschlafen, deshalb bin ich eine halbe Stunde zu spät. Ich natürlich mit meiner großen Klappe, aha und schreiben oder Bescheid sagen, geht nicht? Wieso habe dir eine E-Mail geschickt, rechtfertigte mein Bärchen kleinlaut. Ich, eine E-Mail bekommen, nee, habe ich nicht! Kannst ja sehen …, nichts drauf! Aber war schon komisch, habe auch sonst nichts drauf! »Hm«, … und fragte, kennst du dich damit aus, mit den Einstellungen? Ja meinte er, was willst du wissen?

Ich zurück mit, ja, die Einstellungen! Habe das Smartphone runtergefahren und heute Morgen wieder angemacht. Nichts ...! ... Keine Nachrichten wie sonst, ist schon komisch! Er lachte, du hast, bestimmt den Datenverkehr offline! Ich erstaunt, hm, Datenverkehr. Er, ja komm, ich zeige es dir mal, und stellte mein smartes Handy ein. Auf einmal kam die Nachricht, habe verschlafen, komme etwas Später. Tja, da war wohl eine Entschuldigung fällig von meiner Seite aus. Ich entschuldigte mich dafür und kokettierte ein wenig mit meinem Alter, wir sind ja 13 Jahre, auseinander. Und sagte, ich brauche eben etwas länger, um das zu kapieren, er meinte, ja, 13 Jahre älter schon, aber du siehst mindestens 10 Jahre jünger aus und fit ohne Ende. Ah mehr davon, das geht runter wie Öl, ich lachte und meinte, du Schleimer, er nee das meine ich im Ernst. OK, sagte ich, und, noch Lust? Er, du nicht? Ich, weiß nicht, können ja mal ein Ruheplätzchen suchen, habe zwei Badetücher dabei, schon mal gut, dass es heute nicht so kalt ist und trocken. Die Sonne schien, also gingen wir in den Stadtwald, da war eine Lichtung und dahinter von der Lichtung aus, ein nicht einsehbares, ruhiges Plätzchen, wo wir uns auf die Badetücher legten. An einem Baum gelehnt, kam meine Frage nach dem nun? Wie und nun? Ich legte ihm nahe, heute will ich mal testen, was du zulässt. Ich fing an, als erfahrener, BI sexueller Mann, sagte zu ihm, wenn es dir unangenehm wird, sagst du es mir ja, denn du musst nicht mir zuliebe alles mitmachen. Er, nein, ich sage dir schon, wenn es mir Zuviel wird. Also fing ich an, ihn über den Rücken zu Streicheln und meinte, ob es ihm gefällt. Er sagte, ist schon komisch das von einem Mann zu bekommen. Meine Frage, ist es angenehm oder unangenehm? Er gab an, weder noch, eben ungewohnt und kennt das nicht. Von seinem Vater gab es dafür umso mehr Schläge. Ich hörte zu und streichelte weiter, dann zog ich ihm den Pullover aus und machte mich an seiner Brust zu schaffen und weiter zum Bauch. Meine Gedanken waren, naja, an seinen Brustwarzen zu knabbern, käme mir auch nicht so geheuer vor und war heilfroh, als er äußerte, das wäre auch nicht so sein Ding. Ich, fragte ihn auch, was er von Knutschen hält? Er, nee, fast alles ja, aber Küssen geht gar nicht. Ich schaute ihn an und er meinte, ob ich enttäuscht sei. Ich, nee, im Gegenteil wieder etwas gemeinsam, ich mag das auch nicht, wenn dann nur, wenn der Partner feminin aussieht, dann könnte ich es mir vorstellen. Aber wir beide mit Schnauzbart, nee, es sieht aus wie

Klettverschlüsse und musste dabei lachen und wehe, du versuchst es bei mir, dann ist sofort Schluss mit lustig! Er erwiderte mit einem, umgekehrt auch. Ich fragte, wie geht's nun weiter? Hast bestimmt nicht so viel Zeit, oder? Und er mit, nee, muss Mittag zu Hause sein, meine Verlobte macht sonst Ärger, weil wir uns in der Woche nicht so viel sehen, aber wenn ich zu Hause bin, machen wir eh nichts zusammen. Sie ist immer misstrauisch. Ich, dann sollten wir die Zeit nutzen und nicht so viel quatschen. Er, wieso? Ich bin nervös, deshalb quatsche ich so viel. Ich energisch, dann mach hin, zieh dich aus! Oder soll ich das machen? Er, nee, kann ich schon, bin schon groß! Ich, na ja, groß ist etwas Anderes! Aber kommt ja nicht darauf an, oder? Er, wie meinst du das jetzt? Ich, wie schon? LOL, aber er gefällt mir, so wie er ist, nicht so groß und nicht zu klein.

...Selbstvertrauen

Er meinte, jetzt fängst du schon an, wie meine Verlobte, sie sagt auch, »Er« könnte Größer sein. Ich, nee, meine es nur so zum Spaß, ist aber nicht lieb von ihr, oder? Darauf er, nee, lieb ist das nicht. Aber was soll ich machen? Es ist, wie es ist!

Meine Verlobte hat schon mal gesagt, sie hätte vor ihm immer große Kaliber gehabt. Warum jetzt nicht, habe ich gefragt. Er, keine Ahnung, manchmal komme ich mir vor, als würde sie nur mit mir zusammen bleiben, damit sie etwas, finanzieller, abgesicherter ist. Oje, merkte ich an, du hast aber wenig Selbstvertrauen, oder? Er antwortete, ja Selbstvertrauen, das hatte ich einmal, aber es ist lange her und war schon mal verheiratet, sie ist fremdgegangen und hat mir das Herz gebrochen, die Jetzige habe ich über das Internet kennengelernt. Du ...? Ich mit einem, habe keine Probleme, in dieser Hinsicht, bin schon über 20 Jahre verheiratet und »Zoff« gibt es überall. Zu guter Letzt hatten wir beide irgendwie keine richtige Lust mehr, zogen uns wieder an und redeten miteinander. Es war irgendwie seltsam derartige Vertrautheit, als wenn wir uns seit ewig kennen.

Der erste Besuch

Es war ein Montag im Wonnemonat Mai 2013. Ich hatte ja zu Ihm gesagt, er soll dieses Mal aussuchen, wo wir uns treffen. Ich bekam eine E-Mail von ihm: Er hat einen Ort gefunden sich zu Treffen – bei ihm zu Hause. – Seine Verlobte hat Frühschicht, der Sohn von ihr ist in der Schule und mein Bärchen hat Spätschicht. – Aber gegen Mittag 14 Uhr, und schrieb, von 8 Uhr 30 bis circa 11 Uhr 30 hat er Zeit. Ich sichtlich überrascht, dass er mich zu sich nach Hause einlud, weil wir eigentlich, nur Outdoor, uns Treffen wollten. Na gut, mal schauen was geht! Jetzt war ich kribbelig, weil ich Angst hatte, überrascht zu werden, von seiner Verlobten, oder dem Jungen, sofern einer von ihnen früher nach Hause käme, so mein Bedenken: Man weiß ja nie, im Wald kann man schnell weglaufen. Aber in der Wohnung? Er mailte, keine Angst, der Sohn hat keinen Schlüssel, er würde heute bei einem Freund zu Hause sein, Schulaufgaben und PlayStation spielen. Wir wären ungestört und könnten ja reden und Kaffee trinken und Sex haben, wenn ich wollte! Ich klingelte bei meinem Bärchen zu Hause. Er öffnete mir die Tür, ich ging die Treppe, zögernd, hinauf. So ganz geheuer war es mir nicht, ein Besuch bei ihm zu Hause, aber jetzt musste ich da durch. Endlich, stand ich vor seiner Tür. Ein Geruch nach Katzen kam mir entgegen, der einem erst mal den Atem raubte. Überhaupt, ich wusste ja weder, dass Katzen vorhanden sind. Ich fragte ihn: »Habt ihr eine Katze?« »Nein, nicht eine«, sagte er: », Sondern, zwei Kater, eine Katze.« »Na gut«, gab ich an: »Habe es nicht so mit Katzen, ich bin ein Hundenarr.« Er: »Keine Angst, die wirst du kaum bemerken«, und gelang in das Wohnzimmer. Kaum machte ich die Tür auf, da kam es anders, plötzlich sprang ein schwarz-weißes Etwas auf die Kommode und begutachtete mich, mit großen Augen, aber etwas scheu. Mein Bärchen meinte: »Ach! Der haut gleich wieder ab, das macht er immer, wenn Fremde zu Besuch kommen.« Ja auch diesmal war es so: »Sieh, der versteckt sich wieder, der kommt erst wieder raus, wenn du gegangen bist.« Ich fragte: »Wo soll ich mich hinsetzen?«, da der Sessel mit Kleidungsstücken belegt war. Er rief: »Kannst ja bei mir auf dem Ledersofa Platz nehmen.« Er ging vor, setzte sich und drehte sich eine Zigarette, fragte zufolge, ob es mich störte, wenn er sich Eine rauchte? Meine Antwort: »Nein, ist ja dein zu Hause!« Er machte, mir eine Tasse Kaffee. Ich setzte mich aber etwas abseits von ihm. Er mit Verwunderung: »Warum so weit weg?« Ich: »Ach, können ja ein wenig Reden, oder?« Im selben Moment ein zaghaftes Miauen, ich schaute herunter und das kleine Schwarzweiße schaute mich an, so als, wenn es etwas fragen wollte. Ich: »Na sicher, darfst du auf meinen Schoß, kleiner Mann.« Mit einem Satz sprang der Kater auf meinen Schoß. Mein Bärchen schaute, ganz erstaunt und sagte: »Ich bekomme eine Gänsehaut, das hat er noch nie gemacht, es sieht so aus, als würde er dich kennen.« Ich streichelte den Kater, der schlief prompt ein und blieb die ganze Zeit auf meinen Schoß liegen. Mein Freund meinte: »Kannst ihn aber herunterschmeißen, wenn es dir zu viel wird.« Ich verneinte mit einem: »Warum? Ist doch etwas Schönes, wenn ein Tier so ein Vertrauen einen entgegenbringt.« »Ja, das meine ich ja nicht, ich denke du wolltest, etwas anderes«, meinte er, mit einem Augenzwinkern und ich: »Wir haben doch noch Zeit oder?« »Wie heißt denn der kleine Mann?« Er: »Tapsi ist sein Name.« »Aha«, ich: »Hallo Tapsi.« Der Kater machte die Augen auf, kringelte sich ganz klein zusammen und noch kleiner ein. Das ging so etwa, ne Stunde! Wir hatten mal Zeit in Ruhe zu Reden. Tapsi, der Kater, gähnte zu mir hin und sprang runter. Der hatte fürs Erste genug von meiner Nähe. Für dieses Erste war dieser schon sehr zutraulich. Ich sagte: »So ungewöhnlich ist es auch nicht und habe auch eine Anziehung auf kleine Kinder und Tiere.« »Nee«, meinte mein Freund: »Das ist Liebe auf den ersten Blick.« Mein Freund meinte: »Wir müssen ihn bald abgeben, weil er überall hin urinieren würde.« Ich fragte: »Hat er Stress hier?« »Ja«, sagte mein Freund: »Er ist nicht kastriert und Lilly, die Katze auch nicht, wenn sie rollig ist, müssen Sie ihn immer einsperren.« Oje, der arme Kater! Mein Bärchen gab mir zum Ausdruck: »Wie sieht es aus, willst du den Kater haben?« »Hm, weiß nicht, wollte kein Tier mehr haben, habe viele Enttäuschungen hinter mir mit meinen Hunden.« Er weiter: »Hat ja noch Zeit.« Und ich: »Eigentlich schade, so ein lieber Kerl. OK, und nun zu uns Zwei!« Er: »Hast du noch Lust?« Ich: »Lust, na klar! Aber es ist spät geworden, es lohnt sich ja nicht mehr und bin nicht enttäuscht, es war auch schön, so!« Er machte dann das Angebot: »Wir können uns ja am Donnerstag um die gleiche Uhrzeit wieder hier treffen.« »OK, können ja schreiben, so heute Abend«, sagte ich zu ihm: »Wenn du nicht zu Müde bist!« Es war schon ungewöhnlich für mich, abends zu schreiben mit einem Freund, einschließlich gute Nacht Bilder und Kuss Smiley, aber das machte gleichermaßen Spaß. Und falls keine direkte Antwort kam, war man traurig, doch die begehrte Rückäußerung erschien. Selbst spät in der Nacht, dass er den Tag bei der Arbeit an mich gedacht hat, immer in den Pausen schaute, ob ich geschrieben habe. Manchmal haben wir Stunden lang hin und her geschrieben.

Verlieben

Ich bemerkte so langsam, dass ich mich in ihn verliebte. Wie kann das denn sein? Ich war eifersüchtig, manchmal richtig enttäuscht und verletzt, wenn ein Tag mal nichts von ihm ankam. Ich erinnerte mich, da mal zur Sprache kam, seine Verlobte mache Stress, weil er mit mir so viel daddelt. Wir haben uns Donnerstag gegen 8 Uhr bei ihm getroffen und ich konnte es kaum aushalten, so rammelig war ich auf ihn, sodass ich im Hausflur hätte, über ihn herfallen können. Kaum waren wir drinnen, und die Tür zu, ging ich ihm an die Wäsche. Wir probierten richtig geilen Sex, in verschiedensten Stellungen und es war umwerfend. Danach lagen wir noch ein wenig zusammen und redeten miteinander noch etwas,

was wir Samstag mal machen könnten. Gegen Abend habe ich den Vorschlag gemacht, dass er meine Frau kennenlernen sollte und ich seine Verlobte. Er meinte: »Wenn das Wetter mitspielt, könnten wir ja alle spazieren gehen.« Gesagt getan, wir sind samstags Spazieren gewesen. Es war nett, aber mich störte es damals schon, meine Frau anzulügen und seine Verlobte auch. Wir haben dann zusammen beschlossen, als Bärchen seine Verlobte, Kerrie, uns mit der Idee hereinplatzte, allerlei Spiele-Abende zu machen, bei dem wir noch ein anderes Pärchen kennenlernen sollten. Das war nichts für meine Frau als auch für Mich. Ich konnte dieses Pärchen schon beim ersten Händeschütteln, instinktiv, nicht leiden. Also haben wir es so gemacht, dass sie mal zu uns kamen, wir dann zu ihnen, auch mal Cocktailbars oder Kneipen besucht haben, was ja auch nicht schlecht war. Wo Bärchen und ich, uns ab und an, mal so richtig voll laufen ließen und im Schwips aufpassen mussten, das dem ein oder anderen nichts Unbedachtes über die Lippen kam.

Geständnis

 Aber mein Gewissen ließ mich nicht los. Es war ein Sonntag und ich konnte keinesfalls weiter mit dieser Lüge gegenüber meiner Ehefrau leben. Da kam die seltene Gelegenheit, wo meine Frau und ich endlich Zeit hatten, auf dem Sofa zu entspannen und so richtig zu kuscheln. Das war eine gute behagliche Atmosphäre, um ihr zu erklären, dass mein Freund nicht nur ein Freund ist, sondern mehr. Ich vertraute Gaby aus meiner Vergangenheit erstmalig an: Bevor ich mich mit Mädchen einließ, war ich vier lange Jahre mit einem jungen Mann zusammen. Sie fragend: »Wie zusammen?« Ich sagte: »Wir waren ein Pärchen von 14. bis zum 18. Lebensjahr.« Dann habe ich ihr erzählt: »Wir liebten uns. Es war eine schwierige Zeit, sodass wir es heimlichtaten, mich aber diese Zeit nach 35 Jahren wieder eingeholt hat. Und ich mit Torsten nicht gewöhnlich befreundet bin, sondern mit ihm auch bisexuelle Lust lebe, aber es nichts mit ihr zu tun hat; sondern das ich, BI, bin und meine Neigung mit ihm gelegentlich ausleben will.« Man kann sich ja vorstellen, wie es meiner Frau mit meinem Coming-out ging. Ja, genau so: Gar nicht gut, sie hatte Tränen in den Augen und sprach aus: »Das kann doch nicht sein!« »Doch ich kann nichts dagegen machen«, appellierte ich: »Werde es auch der Familie beibringen«, was noch dramatische Folgen haben wird: Da hieß es im

Kreise der Familie erst, wir akzeptieren es, im Nachhinein von dieser infam hintergangen wurde. Außerfamiliäre Personen, von denen man dachte, dass sie einen ablehnend vorverurteilen, die hatten überraschenderweise keine Probleme damit, nach dem Motto, das sei meine Sache: »Du bist der gleiche Mensch wie sonst auch!« Meine Ehefrau, Gaby, beruhigte sich wiederum und erwähnte: »Ich mag ihn auch und wenn ihr mal euch hier treffen wollt, vielleicht mache ich da mal mit.« Ich war perplex, mit allem hätte ich gerechnet, doch niemals mit solch einer Reaktion. Rund eine Woche später, habe ich mich bei seiner Verlobten geoutet, wobei ich ihr anvertraute, dass ich einen Freund habe, der aus Lüdenscheid ist. Damit sie noch weniger Verdacht unserer delikaten Affäre hegt, habe ich in der Kneipe mit dem Kellner geflirtet, was sie belustigte, mich weder in keiner Weise. Als wir genug hatten, bestellten wir ein Taxi und teilten uns den Kostenaufwand. Denn alle hatten ja denselben Weg nach Hause, letztendlich wohnten sie nur eine Straße weiter. Der Tag danach war die Hölle pur: Mir war schlecht und vertrage das Trinken von Energydrinks mit Wodka eher mit Übel. Es war auch das letzte Mal, als wir zusammen ausgegangen sind. Eine Woche später gingen wir alle zusammen mit der Verlobten von meinem Lover, Er, der Sohnemann seiner Liebsten, meine Ehefrau und ich mal wieder spazieren. Irgendwie kamen wir auf den Kater, Tapsi, zu sprechen. Ich fragte: »Macht er immer noch Ärger?« »Ja, er hat meine Tastatur geschrottet«, sagte mein Bärchen: »Wie sieht es aus, willst du ihn haben?« Und ich mit: »Ach ich weiß nicht, ich überlege es mir.« »OK«, meinten die Zwei: »Aber wir wollen bald, dass wir ein zu Hause für ihn finden, so kann es nicht mehr weiter gehen!« Es war doch noch ein schöner Tag.

Als wir wieder zu Hause waren, redete ich mit meiner Frau darüber, ob wir wohl Tapsi nehmen, sie war auch noch unentschlossen. Ich kämpfte mit mir, doch Tapsi hatte schon gewonnen, nur wusste er es bislang nicht. Also ich beschloss Tapsi zu uns zu holen, musste nur noch vorher das Einverständnis vom Vermieter einholen. Das war trotzdem kein Problem. Wir holten einen Kratzbaum und ein Katzenklo, obwohl ich womöglich nicht wusste, ob ich den kleinen Kerl überhaupt bekomme. Am Abend habe ich meinen Freund angeschrieben und ihm mitgeteilt, dass ich Tapsi haben will und wann sie ihn mir bringen können. Bald bekam ich eine Antwort von ihm: Das geht aber jetzt schnell mit Tapsi – Er sei traurig mit dem Gedanken, an Abschied von seinem lieben Kater. Ich konnte es verstehen, habe ihm kurzerhand angeschrieben: Du hast darauf gedrängt, also wann? Er: Ich müsste es noch mit meiner Verlobten klären, aber wenn sie zustimmt, bekommst du ihn Mitte der Woche. Ich: OK, bis dann. Jetzt war es soweit, ich bekam die Nachricht: Er gehört mir und wir bringen ihn vorbei. Noch am selben Tag gegen 19 Uhr, ich konnte kaum abwarten, so nervös war ich. Wie diesem Katzenmann wohl zumute, sein wird, wenn er aus seinem Umfeld, herausgeholt wird? Wird er wohl jammern, in der Nacht, oder anderen Unsinn machen, so wie bei Ihnen zu Hause, so viele Fragen. Dann war es soweit, es klingelte, an der Tür, meine Frau machte auf. Nach einer herzlichen Begrüßung sah ich wie mein Freund, ein Gesichtsausdruck hatte, als wenn er ein Stück von seinen Leben abgeben müsste. Ich sagte: »Noch kannst du es dir überlegen.« Er widersprach: »Ich weiß ja, dass er es gut bei euch hat, sonst würden wir ihn nicht abgeben.« Aber es ging jetzt alles so schnell für mich: »Ach Kopf hoch, egal was mit unserer Freundschaft mal ist, wenn ihr ihn sehen wollt, jeder Zeit möglich. So dann wollen wir mal sehen, ob er überhaupt will.« Seine Verlobte öffnete die Katzenbox und er nahm sofort Reißaus. Wir suchten die Katz und fanden diese ängstlich hinter einen Schrank. Die beiden tippten: »Der wird die ganze Nacht, aus Angst dahinter bleiben und weiß bestimmt gar nicht was los ist.« Ich scherzte: »Dann muss ich vor dem Schrank schlafen, damit er nicht alleine ist«, und lachte dabei, obwohl ich es gewiss gemacht hätte. Aber ich versuchte es anders, lockte den künftigen Stubentiger an und rief: »Tapsi, komm doch mal – ich hab was für dich!« Seine Verlobte und mein Freund brachten zum Ausdruck: »Ach lass ihn mal, der kommt schon, wenn er Hunger hat!« Ich sagte: »Warten wir mal ab. Tapsi komm doch!« Ein zögerndes Miauen, ich: »Aha, Ich Schatze-Mann! Na komm! Du kennst mich doch, komm doch mal.« Der neue Mäusefänger schaute mich an, schnupperte an meiner Hand, kuschelte sich flugs bei mir auf den Schoß ein – mit einem Seufzen der Erleichterung. Ich zeigte dem neuen Herrscher direkt, wo sein Katzenthron ist. Stellte ihn königlich da rein, nahm einer seiner Pfoten und scharrte damit im Granulat und betitelte, seinen Platz unter einem leicht preußischen Tonfall! Danach sprang er daraus und ging auf

Erkundung seines herrschaftlichen Wohnreichs. Anschließend haben wir im Wohnzimmer noch ein wenig zusammen gesessen. Dann kam der große Abschied, auch von ihrem Kater. Mein Freund hatte Tränen in den Augen, am liebsten hätte ich ihn umarmt und getröstet, aber das geht ja nicht, also machte ich einen blöden Spruch, wo er Lachen musste. Die beiden gingen nach Hause. Meine Frau und ich beschäftigten uns mit dem Kater noch eine Weile und tauften ihn direkt auf den Namen, Sammy, worauf er von Anfang an gehört hat. Es kam die Nacht, ich habe ihm ein Plätzchen, in meiner Nähe eingerichtet, aber er wollte noch nicht, er machte es sich auf dem Sofa im Wohnzimmer gemütlich. Meine Frau kraulte ihn noch ein Weilchen, was unter Schnurren sehr gefiel. Dann ging der frisch Getaufte, Sammy, in das Badezimmer noch mal zu seiner Toilette sowie selbstverständlich durch alle Zimmer. Schaute gleich, wie ungezwungen, nach dem Rechten, machte es sich gemütlich bei meiner Frau und schlief ein. Kein Miauen, keine Unruhe, so als wäre es ihm egal, dass er ein anderes Zuhause hat. Und das Merkwürdigste an der ganzen Geschichte ist, wir haben ihn jetzt seit dem Jahre 2013. Der kleine Mann machte bisher nichts kaputt, hat nirgendwo hiuriniert, weder markiert und etwas verschmutzt, als sei er ein ganz anderer, wie von den Beiden beschrieben. Sammy ist mittlerweile das Liebste für uns, manchmal denke ich, da ist ein Hund mit drin, weil er sofort kommt, wenn man ihn ruft.

Sex zu dritt

Das erste Mal zu dritt: Ist das etwas Besonderes? Aus meiner Sicht eigentlich nicht. Ja, für manch einen bestimmt etwas Verwerfliches. Es ist das alte Monogamie-Weltbild. Es sollen ein Mann und eine Frau zusammen leben und Sex haben, alles andere wird nur im verborgenen geduldet. Es gibt so viele Menschen, die eine Sehnsucht in sich verspüren. Nach Liebe mit Gleichgesinnten, nach Zärtlichkeiten und vielem mehr. Die Sehnsucht nach fremder Haut, fremden Geruch und Geschmack. Es gibt so viel zu ergründen, in mir Selber und bei meiner Frau. Per Genugtuung so langer Dauer der Ehe, ist der Sex nicht wie in den ersten Jahren, wo wir zusammen kamen. Nicht nur Ich, habe das Bedürfnis, nein meiner Frau geht es auch so. Sie ist ebenso erheblich neugierig, wie es sein wird, Sex mal anders zu erleben, eben zu dritt mit zwei Männern. Ich muss letzten Endes gestehen, dass ich es in weiter Vergangenheit doch getan habe, mit einer Nachbarin und meinem Vetter zusammen. Wie vorher erwähnt, es ist nicht, so etwas Besonderes!

Flotter dreier

Es war wieder soweit, das Torsten und ich Lust aufeinander haben. Zeitweilig konnte er mich nicht zu sich einladen, da seine Verlobte seit dieser Woche nur noch Frühschicht arbeiten musste. Das Wetter, war in keiner gerade ideal dafür, die Hosen herunterzulassen. Ich besprach es mit meiner Frau. Sie sagte: »Dass ich auch mal etwas Neues erleben möchte, in meinen Träumen habe ich es schon getan.« Ich: »Mit wem denn so?« Sie: »Mit so manchen Schauspielern, aus manch einer Daily Soap.« Ich: »Aha, war es schön?« Sie errötete bei der Frage, die einem Geständnis gleicht. Ich: »Was hältst du davon, es mal real auszuprobieren, zum Beispiel mit Torsten und mir?« Sie: »Ja, das könnte ich mir vorstellen, denn ich habe ihn ebenfalls vor allem gerne.« Ich: »Gut wie sieht es aus? Soll ich ihn, Torsten, mal fragen, ob er auch Lust hat, es mit uns zu versuchen?« Sie: »Ja. Mach das.« Sie: »Ich kann ja mal zuschauen, was ihr beiden so treibt miteinander, kann dann ja zu euch kommen und etwas mitmachen.« Ich war platt, so kannte ich meine Frau noch nicht, wunderte mich schon sehr, wie sie so reagierte. Ich glaube fast, sie empfindet ebenso den Sex mit mir alleine nicht so erhöhend prickelnd. Aber zuvor musste ich Torsten beichten, dass ich Gaby alles gestanden habe. Ich bin ja mal gespannt, wie er darauf reagieren wird. Hoffentlich ist das kein Fehler und er macht Schluss. Es war ausgemacht, dass es keiner erfahren soll, das mit uns Beiden.

Ich schrieb meinem Bärchen eine Nachricht: Habe Möglichkeiten gefunden. – Optionen uns zu treffen. – Aber muss gestehen – es ist prekär. – Das alles!

Ich bekam eine Erwiderung: Wie meinst du das?

Ich simste: Ich muss dir etwas gestehen. – Habe Gaby alles anvertraut. – Einfach alles. – Wir sind zusammen. – Haben auch Sex!

Das lange Warten hielt ich nicht mehr aus, das Ausharren auf seine Antwort!

Ich daddelte Torsten noch einmal: Gut habe verstanden. – Du bist enttäuscht. – Kann's ja verstehen. – Habe dich frustriert. – Wie soll's sonst weiter gehen? – Machst du jetzt Schluss. – Werde das Akzeptieren!

Jetzt musste ich warten auf seine Beantwortung, was mir sehr schwerfällt, bin eben nicht so geduldig. Doch die Antwort kam sehr schnell.

Habe wohl einen empfindlichen Nerv, bei meinem, Bärchen, Schatz getroffen.

Er korrespondierte: Muss das erst verkraften. – Habe Angst Gaby zu begegnen. – Ihr in die Augen zu sehen. – Ich schäme mich vor Ihr!

Ich: Das ist alles. – Habe schon mit dem Schlimmsten gerechnet, – das du mit mir Schluss machst!

Er: Nein. – Ginge es nach mir, – wir blieben bis Lebensende zusammen!

Ich dachte jetzt, um Gotteswillen, das kann ich mir nicht vorstellen und übersteigt meine Fantasie um Einiges. Aber das behielt ich für mich, ist besser so.

Ich simste: Wie sollen wir jetzt verbleiben?

Er: Ich komme heute nachmittag vorbei. – Möchte mit Dir und Gaby sprechen. – Ich bin sehr nervös. – Hat Gaby wirklich nichts dagegen?

Ich: Nein. – Sie hat mir gestanden, – sieht schon mehr Freundschaft zu Dir. – Mach dir nicht so viel Gedanken. – Bis heute Nachmittag!

Er zurück: Ich mache etwas eher Schluss. – Komme dann direkt zu euch!

Und ich fühlte mich erleichtert.

***

Gegen Nachmittag bereitete ich alle für unser gemeinsames Treffen vor. Mit dem Hintergedanken etwas mehr von ihm zu haben, als nur zu reden. 14 Uhr, es klingelte. Gaby ging zum Wohnungseingang, sie betätigte den Türöffner, Torsten kam herein, Gaby umarmte ihn. Sie sagte ihm: »Er braucht sich keine Sorgen machen, das Geheimnis ist bei ihr gut aufgehoben. Ich mag dich. Alles gut jetzt?«

Er sagte: »Ja, aber die Nervosität will nur langsam von mir weichen.«

Ich kam hinzu: »Na. Was tuschelt ihr beiden so?«

Er gab zum Ausdruck: »Nun, du musst ja nicht alles wissen. Gaby und ich, haben eben auch ein kleines Geheimnis.«

Ich: »Na ja, ich kann es verkraften, kleine Geheimnisse sollte jeder haben. Und nun? Wie geht es weiter mit Uns dreien? Gaby und ich, haben einen Vorschlag. Das betrifft uns beide Männer, es geht darum, das Gaby manchmal zuschauen möchte, wenn wir Sex haben.«

Er: »Wie sie will zuschauen?«

Ich: »Ja, und wenn es ihr gefällt mit dabei zukommen, um von uns verwöhnt zu werden, warum nicht.«

Er schluckte: »Das meint sie doch nicht wirklich!«

Er schaute wie ein Fragezeichen ratlos zu ihr. Sie bestätigte ihm, was ich bereits sagte.

Er gab zum Ausdruck: »Wenn ich ehrlich bin, war ich schon einige Male geil geworden, wenn Gaby mich umarmte und mit ihren Busen in Berührung gekommen bin.«

Ich feixte: »Du Schlingel! Was fällt dir denn ein, das so offen zu sagen.«

Das Eis war jetzt gebrochen, was vor her zwischen uns gestanden hat, ist vergessen.

Ich: »So, und hast du noch etwas auf dem Herzen?«

Er: »Nur eine Sache, wann soll das denn Geschehen?«

Ich: »Wie wäre es jetzt gleich?«

Er: »Nein heute nicht mehr. Kerrie kommt gleich nach Hause, sie ist in letzter Zeit sehr misstrauisch samt skeptischer Befragung, mit wem ich so viel schreibe. Geht ungefragt an das Handy und ertappte sie dabei. Ich habe ihr gesagt, sie soll ihre Finger davon lassen. Darauf erwähnte sie, ob ich Geheimnisse vor ihr verschweige.«

Ich: »Nun dann! Schade habe mich darauf gefreut, es ist schon so lange her, wo wir ...«

Torsten versprach, er möchte in Zukunft mehr Zeit aufbringen.

Ich: »Wie sieht es am Sonntagnachmittag aus?«

Er: »Ich sage dir Bescheid. Ist das in Ordnung?«

Ich bekräftigte mein Entschluss anhand eines lang gezogenen, Ja´s...

Anschließend verabschiedete er sich von uns.

Samstag bekam ich eine Nachricht von Torsten, mit der Frage: Bleibt es dabei. Sonntag?

Ich: Ja, wenn du es auch willst?

Er tippte: Ja schon. Bin doch sehr nervös!

Ich gab die Mitteilung ein: Verstehe das. Aber, mache dir nicht unnötig Gedanken. Mit Frauen kennst du dich bestimmt besser aus!

Er: Ja das schon. Aber zu dritt? Doch das ist etwas ganz anderes!

Ich: Lassen wir uns überraschen. Wir lassen es langsam angehen. Wenn du keine Fragen hast, dann bis morgen Nachmittag. Freue mich auf dich!

Er hackte zu guter Letzt in die Tasten: Freu mich auch auf euch. Grüße Gaby von mir!

Sonntag 15 Uhr, es klingelte wieder einmal bei uns. Gaby ging zur Tür, öffnete. Es ist Torsten. Sie begrüßten sich. Torsten griff schon beherzt zu, an den Po meiner Frau. Sie küssten sich, als wäre es selbstverständlich. Ich, sah es, dachte im Stillen, was geht denn hier ab. Habe ich etwas verpasst, so meine innige Frage an mich? Die andere Frage, wer wird wohl den Anfang machen? Ich, begrüßte ihn mit einer Umarmung, mit einem Kuss auf die Wange, das taten wir seit Kurzem, immer wenn wir uns trafen. So auch Heute. Es fühlte sich alles wieder so vertraut an und lud ihn ein: »Komm, wir trinken erst einmal Kaffee und essen Kuchen.« Er: »Da sage ich nicht nein«, und nahm Platz dicht neben mir. Es kam mir vor, wie eine Aufforderung! Ich fasste mit meiner Hand auf seinen Oberschenkel, streichelte leicht auf und ab. Man sah schon die Erregung von ihm, seine Hose bildete eine mächtige Beule im Schritt. Meine Frau sah es, sie schmunzelte, sah aber gebannt zu, was ich weiter tat ... Er, unterbrach mein Treiben und brachte zum Ausdruck: »Wenn du jetzt weiter machst, kommt es nicht mehr zum Sex zu dritt. Ich würde jetzt schon bald abfeuern können.« Ich schaute meine Frau an, sie amüsierte sich über diese Aussage. Gaby mit einem Zwischenruf: »So ist das aber nicht schön. Ich will auch heute noch drankommen.« Bemerkte noch etwas dazu, das sie mal wieder so richtig durch ... Sie verschluckte sich bald, selber an ihrer Ausdrucksweise. Torsten schaute nicht schlecht, als Gaby sich zur rechten Seite zu ihm setzte. Sie tat es mir gleich, sie strich auch an seinen Oberschenkel. Die Sphäre knisterte vor Erotik. Irgendwann, nach dem ein oder anderem Zögern, waren wir mit den nackten Tatsachen konfrontiert. Es war so willkommen, sodass gleich das Kaffeetrinken in den Hintergrund rückte. Wir bezogen gemeinsam mit Stechschritt Stellung im Schlafzimmer. Das erotische Experiment nahm seinen Lauf. Eins sei da noch anvertraut, es war nicht das letzte orgasmische Gewitter, das zu hören war. Ich befürchtete das es die Nachbarn hören, was die wohl denken werden, was bei uns wohl für Sessions sind. Es wurde ohnehin langsam dunkel, Torsten verabschiedete sich von uns. Meine Frau und ich, kuschelten noch ein wenig und wir redeten über das eben noch Geschehene, um es zu verarbeiten.

Nicht erwiderte Gefühle

Gefühle von Mann zu Mann zu haben, ist in der heutigen Zeit, im geringen Maße erwähnenswert. Es gibt genug homosexuelle Paare, die uns solche Sinnlichkeit vorleben. Ich hätte nie gedacht, dass ausgerechnet mir das passieren kann, mich in einen Mann zu verlieben. Ich deutete bei einem einstig vertraulichen Treffen in der Vergangenheit an, dass ich niemals an einen Mann, so derart mein Herz verlieren könnte. Das ich einem Irrtum erlegen sollte, war zu diesem Zeitpunkt noch nicht in Sicht. Doch der Tag kam schneller als gedacht, ein Gedanke ließ mich kaum los: Empfindet Torsten etwas für mich? Das Gleiche wie ich zu ihm, er bestimmt nicht. Jene Vorstellungskraft spielte bei Weitem keine Rolle, nahm ich immer an. Doch weit gefehlt, was sich absehbar als schmerzlich herausstellte. Torsten hat in letzter Zeit immer viel gearbeitet. Ich, in meiner Paraneuer, mahlte mir aus, dass er sich so langsam mir entzog. Eine innere Stimme der Vernachlässigung ergriff mich, stetiges Hinhalten anhand seiner Begründungen, dass er eventuell einen festen Arbeitsplatz, in dieser Firma, bekommt. In Moment nimmt er immense Überstunden in Kauf. Des Weiteren wären Viele krankgeschrieben. Etliches an Arbeit bleibt liegen und soll ihm da verständnisvoll entgegenkommen. Ich dachte, warum muss ich ihm Verständnis entgegenbringen. Er hat mal gesagt: »Ich will bis am Ende von unserem Leben mit Dir zusammen bleiben!« Jetzt kann ich es oder mag das kaum noch glauben. Meine Gedanken in letzter Zeit, lassen eine mögliche Trennung erreichbarer aufkeimen. Ich zwang ihn zur Aussprache, wollte Gewissheit haben, welche Gefühle er mir gegenüber hat. Es tat mir im Herzen weh, so kannte ich mich selber noch, weder konnte ich erklären, was mit mir los ist. Liebe ich ihn so sehr, samt denkbarer Beklommenheit mich je zu trennen, als ein Lebensweg der verschmähten Liebe mit Ihm zu fristen? Ich weiß, dass es unverschämt ist, mit einer kleinen Erpressung meinerseits, ihn unter Druck zu setzen. Ich benachrichtigte ihn: Falls Du nicht mal 10 Minuten Zeit hast, vorbeizukommen, mache ich sofort Schluss mit Dir. Jetzt war die Nachricht unwiderruflich unterwegs. Zu meiner Überraschung kam seine Antwort prompt zurück. Nicht wie sonst ein oder zwei Tage später. Nein, in seiner Erregung hyperventilierend außer sich, ließ am Schreibstil mild erahnen: Was mir einfallen würde, ihn so unter Druck setzen zu wollen! Er brachte folgende Worte zustande: Ich komme heut noch vorbei! Anhand Nachdruck dessen Bären – Grimmigkeit weiter: Ich lasse das nicht mit mir machen! Ich simste: Wir werden sehen! Etwas mulmig war mir zumute.

Kommt es zur Trennung?

Meine Frau war über das Wochenende bei ihrer Schwester. Währenddessen, anhaltendes Verbleiben alleine Daheim, das Warten an diesem Tag weinend, zitternd zu Hause auf meinen Freund. Die Zeit zog sich dahin, wie Kaugummi. Andauerndes Schauen zur Uhr, die Minuten zogen wie Stunden. Es wurde 17 Uhr, da klingelte jemand an der Haustür, ich öffnete die Wohnungstür. Torsten kam inmitten erboster Wahrnehmung, in meiner Richtung blickend herein. Wollte mir eine Szene machen und das schon im Hausflur. Nachdem mein Mannsbild sah, wie ich weinte, riss sich dieser zusammen, trat näher, bemerkte: »Was ist los mit dir?« Ich konnte ihn kaum anschauen, überwand mich bald und gab leise ihm zu verstehen, wie ich ihn vermisse. Bin in ihn verliebt, möchte wissen, was er für mich fühlt! Jetzt meine Emotionen heraus. Ich wartete auf sein Dagegenhalten. Tatsächlich, eine Antwort erfolgte bedächtig zögernd, unter Suchen angemessener Worte. Ich glaubte, jedes zusätzliche Wort verletzte mich, um so mehr. Ich, bin es ja selber, Schuld. Ich wollte ja diese Aussprache. Torsten entgegnete, dass er entsprechende Liebe niemals erwidern kann, jedoch unterтränen zugab, dass ich besonders tief in seinem Herzen bin. Erzählte weiter von seinen Sorgen, die ihm mit Kerrie peinigen. Des Weiteren sie Geldprobleme haben, Kerrie verlor ihre Arbeit, man wisse weder ein noch aus. Seine Fragestellung nach, wie derart Leben abhängig davon weiter gehen soll. Ich versprach ihm, jene innigste Verliebtheit zu ihm, so schnell wie möglich auszugleichen. Meine Fragen zum Thema: »Warum hast du es mir nicht vorher gesagt? Wieso musste es jetzt so weit kommen, bis wir schon über Trennung reden?« Er wollte wissen: »Willst du dich denn trennen?« »Nein, aber ich vermisse dich so sehr, es geht mir nicht bloß um den Sex, sondern um die Gemeinsamkeit mit dir. Das, was uns verbindet«, mein Dafürhalten. Bärchen versprach: »Es wird nächsten Monat wieder ruhiger mit der Arbeit. Ich vermisse die gemeinsame Zeit mit Dir.« Ich, konnte ihm unter keinen Umständen mehr böse sein, wir weinten gemeinsam, doch schämte mich, meiner Tränen auf keinen Fall. Schweren Herzens verabschiedete ich ihn an diesem Tag. Ich hätte weiß Gott, vieles in Kauf genommen, wenn mein Herzblatt bei mir geblieben wäre.

Neue Erfahrungen

Mein Freund, hat ja keine richtige Zeit mehr für mich. Er hat nach unserem Gespräch, mir ein Angebot unterbreitet, am Samstag im Laufe des Tages vorbeizukommen. Aber Bärchen musste absagen, da ihm eine Krankheit dazwischen kam. Er simste: Wenn Du unbedingt möchtest, kann ich zu Dir kommen. Ich verneinte: Kurier Dich aus. Männerschnupfen, ist ja auch sehr schlimm. Wünsche Dir gute Besserung. Vermisse Dich! Hab Dich lieb! Und drückte ihn virtuell. Anschließend erschien sein Dank für mein Verständnis. Ich tippte: Hab Dich auch lieb!

verhängnisvolle Bekanntschaft

Jetzt Samstag, an dem mein krankes Bärchen absagte. Ich fühlte mich heute besonders einsam. Doch alles ödete mich an! Zumal gedanklich so darüber vertieft, wie mein Marktwert wohl auf dem Kontaktportal aussieht, da ich ja jetzt ewig keinen Sex hatte. Doch heute in voller Erwartung, gewisse Verlangen zu bekommen, meine Streicheleinheiten. Dazu natürlich sehr rollig, lief währenddessen in der Wohnung umher, wie ein ›Pumaweibchen'. Überlegte und überlegte, bekam eine Eingebung: Es gibt doch Kontaktbörsen! Habe in letzter Zeit, mir schon so einige Male vorgestellt etwas grundlegend anderes auszuprobieren. Abhängig davon schrieb ich eine Kontaktanzeige, über das Portal, Markt. Unter der Rubrik Kleinanzeigen, Erotik, Er sucht Ihn. Wortlaut annonciert: Mann 50 Plus sucht einen Mann für Spielereien unter Männer. Zu meiner Person: 53 Jahre, 180 cm groß, 85 kg. Suche bevorzugt einen Mann, der gerne Damenwäsche trägt. Du solltest feminin sein und viel Zeit mitbringen. Muss ja nicht explizit, erwähnen, dass du sauber und gesund sein solltest. Vom Alter, jedenfalls über 25 Jahre, Punkt! Überflog daraufhin diesen Anzeigentext noch einmal, gab mich zufrieden mit dem Wortlaut. Schickte diesen per E-Mail somit ab. Soeben erschien am Gerätedisplay, im Nu eine Nachricht von Markt – Portal, ebendiese Annonce sei nun freigeschaltet. Glaubte, gerade noch, an wirklichen Erfolg, doch weit gefehlt. Kurzerhand kam, tatsächlich, nach vorübergehendem Warten, augenblicklich die damit verbundene Nachricht: Hallo, ich bin der Daniel. – Komme aus Lüdenscheid. – Bin 30 Jahre alt, Damenwäscheträger, devot. – Möchte dich besuchen kommen. – Du wirst es nicht bereuen. – Lasse vieles mit mir machen. – Foto und mehr Info, bekommst du über Whats ... Gab ihm meine Nr., dieser junge Mann zeigte mir Fotos von sich. Ebendies erweckte vermeintliche Neugier auf ihn. Online bemerkte er, dass ich aussuchen sollte, was er bei unserem Treffen an Kleidung tragen soll. Die Entscheidung meinerseits ergab: Schwarze halterlose Nylons, schwarzes Minikleid, rote Pumps angebracht dabei blonde Perücke, möge das perfekte Outfit sein. Wir handelten sofort die Uhrzeit, zum Zweck einer persönlichen Begegnung aus. Schrieb ihm zum Schluss noch: Freue mich auf Dich. Ist es nicht zu weit, bei mir vorbeizukommen? Er formulierte online weiter: Nein. Es geht, knappe Stunde. Wäre dann bei Dir! Reichte über diesem elektronischen Weg meine Wohnadresse weiter und bedankte mich für sein Entgegenkommen.

Soeben noch sehr aufgeregt, mit verschwitzten Händen, fühle mich wie damals, als frühere Empfindungen wieder aufloderten, die Sehnsucht nach einem anderen Mann. Nach einer knappen halben Stunde klingelte es an meiner Wohnungstür. Öffnete daraufhin, hinein trat ein junger Mann. Formulierte seine Vorstellung: »Hallo, ich bin der Daniel.« Mir schwebten Gedanken dahingehend vor, sein Erscheinen erfolgt genauso, wie er sich im Internet präsentierte. Von meiner Seite schaute wohl etwas enttäuscht, was ihm auffiel. Daniel fragte: »Ist etwas? Gefalle ich dir nicht?« Mein redliches Dafürhalten: »Naja, habe etwas anderes erwartet, eben einen(e) Daniel(a) in Röckchen.« Von ihm kam abhängig davon, nur verlegenes Lächeln zurück: »‹Ja ich verstehe das!›. Aber ich komme vom Lande, wo sich Fuchs und Hase, gute Nacht sagen. Würde man in solcher Verkleidung hinausgehen, befürchte ich, mein Ansehen aufgrund tiefster Lächerlichkeit, jenseits der Nachbarn, preiszugeben«, und rief: »Das kannst du mir glauben!« Verkörperte ihm ansonsten glaubhaft meinerseits Verständnis, was dieses angeht, fuhr dann erwartungsvoll fort: »Aber was nun?« Er: »Wo kann ich mich umziehen?« Ich zeigte ihm unser Schlafzimmer, Daniel blieb dort nicht überhörend mit einem: »Bis gleich und lass dich überraschen!« Eines sei jedoch erwähnenswert, als Typ, jener besseren Hälfte von Mann, entsprach derjenige keinesfalls dem Typus, welcher mir gefällt, ergab mein erster Eindruck. Doch binnen kürzester Zeitspanne, bevor ersehnte Daniela ins Wohnzimmer hereinkam, wurde anlässlich dieser Situation zart betont: »Schließe deine Augen und warte, bis ich ansage, sobald Du sie öffnen darfst.« Achtete im Anschluss daran gebannt seinem Wohlwollen. Endlich, Daniel kam als Daniela herein, hatte sinnlich, dezent Parfüm aufgelegt. Welch charmanter Duft erregte meine Sinne, samt verführerischem Flair. Mein Betteln, die Augen, öffnen zu dürfen, wurde unter Erbarmen, jetzt doch akzeptiert: »So bitte, du kannst deine Augen aufmachen.« Zögernd in Erwartung, öffnete ich meine Augen, verweilte verblüfft sprachlos. Meinerseits kam nur ein »Wow« heraus. »Du siehst umwerfend aus! Habe ja einiges erwartet, aber nicht das sich ›Einer'‹ so verwandeln kann. Wenn man dich zuvor nicht als Mann gesehen hätte, würde jeder beteuern, du bist eine attraktiv schöne Frau!« Da entstand beklemmende Raumnot im Inneren meiner Hose. Daniel, bedankte sich für das Kompliment, äußerte dahin gehend: »Ich hab uns etwas mitgebracht, zum Kennenlernen. Hast du Gläser zum Anstoßen?« Meine Würdigung: »Das ist aber lieb von dir. Komm, setz dich zu mir.« Daniel kam meiner Beiladung nach, sagte in positiver Hinsicht daraufhin: »Ich hatte schon Vorbehalte gehabt. Du bist aber ganz anders, wie erwartet.« Ich lächelnd: »Was hast du denn gedacht, dass ich über dich herfallen würde?« Dieser junge Mann zur schönen Frau Verwandelte, verzückten mich jählings perplex! Mein von sich geben ergab:

»Keine Angst, so nötig habe ich es nicht!«, erzählte ihm nebenher, über meinen festen Freund, welcher aber mich in letzter Zeit vernachlässigt: »Was bist du eher, BI oder Gay?« Daniel: »Ich bin BI. Habe es schon im frühen Alter bemerkt, dass ich auf beide Geschlechter stehe.« Ich: »Du hast annonciert, dass du devot bist, kann also mit dir machen, was ich will. Stimmt das auch wirklich? Denn man sollte es nur anbieten, wenn's wirklich stimmt!« Beschämt kam seinerseits ans Licht: »Ich wollte mich interessanter machen. Bist du jetzt enttäuscht?« Meinerseits kam ein: »Nein!« Und von Daniel: »Ich hatte noch nie so richtig Sex mit einem Mann, aber in meinen Gedanken, schon. Du bist der Erste, dem ich mich so zeige, außerdem bekomme ich oft Anfragen mit Einladungen zu Treffpunkten, dann ist keiner dort oder die Adresse stimmt nicht. Du bist der Einzige, der so ehrlich ohne Anzüglichkeiten geschrieben hat.« Per uneingeschränkt konsequenten Deuten meinerseits entstammte wortgetreu: »Genug geredet!«, und strich mittlerweile über seine Nylons. Daniel gefiel meine Spontanität und begrüßte es, dass ich den Anfang einfädelte. Meine Entgegnung: »Lass uns, ins Schlafzimmer geh'n, dort ist es gemütlicher!« Fragte ihn darauf erhofft: »Daniela wie lange hast du Zeit?« Er, schaute verblüfft: »Wie Daniela?« Ich: »Ja! Du bist ab jetzt Daniela und die Dame von uns Beiden, oder?« Er, wieder verlegen, mit einem zögernden Ja ...

***

Gemeinsam mit Daniela, in der Zwischenzeit im Schlafzimmer angekommen. Langsam legten wir uns auf das Bett, strich mittlerweile unentwegt über seine Beine. Sie fühlten sich so echt an. Keinerlei Unterschied gegenüber Frauenbeinen! Er, küsste mich, war meinerseits erstaunt, dass derart erstmalige Bekanntschaft so forsch herangeht. Die junge Prachtsdame bot doch keine Erfahrung dar, wie einst vom ihm gesagt. Daniela, fing an, meine Klamotten auszuziehen. Als auch jener ›Sie' sich entkleiden wollte, verneinte ich und sagte: »Ich möchte, dass du angekleidet bleibst, will ebendiese Illusion nie und nimmer zerstören.« Daniel, kam näher zu mir, küsste und saugte an meinen Brustwarzen. Zog ihn dann auf mich drauf, packte fest seinen Po, schob meine Hand in Linie seiner Rosette, fingerte etwas herum, sogleich stöhnte Daniel losgelöst. Anhand eigener Selbstbeschau, brachte daraufhin zum Ausdruck: »Ich bin der erste Gönner, ihn zu entjungfern«. Mein Andeuten geschah dahingehend: »Bin normalerweise weder AV aktiv, kann mir doch prima vorstellen, ein Versuch für derartiges mit ihm in dieser Richtung kann ja nicht schaden.« Mein Zeigen auf eine Kondomverpackung, mitsamt fragenden Blick, ihn entgegen gerichtet bejahte Daniela. Ihr berechtigtes Begründen: »Wir kennen uns ja erst gerade!« Ich öffnete eine Kondomhülle. Daniel nahm dieses mir aus der Hand, vermeldete dabei: »Ich mache das!«, stülpte das Präservativ über meinen Hosenkerl, kam mit seinen Lippen, rollte nebenher dieses sprich, raffiniert darüber ab. Mein: »Wow, woher kannst du das denn?« Die momentane Daniela: »Ich probierte des Öfteren mit einem Dildo diese Sache aus, auch mich per Rektal Pforte zu weiten.« Doch angesichts einer Überraschung nach der anderen: Was da wohl noch alles kommen möge, ergaben meine Gedankenspiele. Kombinierte passend hierzu weiter: Ich wäre doch derjenige, ihm etwas beizubringen! Jetzt schwankend sicher, ob dem im Übrigen so sei. Die Lady setzte sich salopp unter lautem Stöhnen auf meinen Leib. Zögerte von mir aus noch, dessen ungeachtet ›Sie' winkte meine Zweifel ab. Dann anfing mitsamt animalisch rhythmischen Reiten, es wurde zu einer unvergesslichen Nacht, bis zum anderen Morgen. Mein Empfinden darüber offenbarten bereits leicht absurde Unentschiedenheiten, im jenseitigen Verhältnis gegenüber meinem Bärchen. Aber es ist wie es ist, da kann man nicht aus seiner Haut fahren. Daniel blieb bis Mittag, bedankte sich danach, einschließlich Abschiedsschmerz und im Endeffekt ihm leider los. Wir pflegen zuweilen noch Kontakt, unglücklicherweise kommt wohl keine solch derartig wohltuende Wiederholung je zustande.

Ein neues Jahr

Es geschah knapp vor Silvester 2014. Meine Gattin und Ich, eingeladen bei unseren Freunden, ins neue Jahr hinein zu Feiern. Es verlief erfüllend schön mit ihnen, harmonisch ruhig. Wir kamen zum Thema Fitnesstraining, ich neckte Torsten, dass er wohl langsam mehr Fettpolster auf den Rippen bekommt. Irgendwie wurde seinerseits alles zutiefst ernst aufgenommen, meinte dabei, nur so zum Spaß: »Im eigentlichen Sinne behagt das einem schon, etwas Speck bei Ihm zu fühlen«. Mein Liebster wollte wissen: »Toni wie lange gehst du schon Laufen?« Ich erklärte: »Zurzeit circa zwölf Jahre. Seit dem bei mir der Arzt Diabetes Typ II diagnostizierte. Jeden Tag inmitten Wind und Regen, egal wie schlecht unser wohlbekanntes Wetter auch war, bin ich gelaufen, so mindestens 8 km. Aber warum fragst du mich das jetzt? Bestimmt, weil mal hervorkam, dass dein Bäuchlein auch so allmählich, sich entwickelt«, ergab hierzu mein weiteres Feixen. Er, »Nein, wieso?« Seine Verlobte, Kerrie, mischte sich in unser Gespräch ein. Sie sagte: »Mir gefällt außerdem, wenn ein Mann etwas Bauch hat, man kann denkbar sinnlicher Kuscheln.« Für Torsten wurde es zuwider, jetzt von beiden Seiten zu hören, dass seine Leibesfülle schleichend aus der Fasson artet. Er schimpfte ernst: »Genug jetzt! Fange ab morgen mit dem Laufen an«, bat anschließend weiter: »Toni du kannst mich ja Trainieren!« Meine Ansicht darüber ergab: »Wäre schon machbar, habe ja den Übungsleiter C gemacht. Bin anhand ebendieser Lizenz berechtigt, den Beruf als Lauftrainer auszuüben. Aber, auf gar keinen Fall billig!« Torsten schelmisch: »Über die Bezahlung reden wir noch, aber unter vier Augen.« Stichelte meinerseits entgegen, »Na, bin ja gespannt, was das mal geben wird!«

Nur heiße Luft

Es geschah am Sonntag nach Neujahr, sehr schönes Wetter, die Luft ziemlich trocken und kalt. Ich wartete an der Bushaltestelle vor unserer Wohnung auf Torsten. Dieser junge Spund kam langsam nach mir hinüber. Von seiner Motivation, jener Tage zuvor, merkte man nichts mehr. Augenfällig wirkte, dass derjenige gerade neue Schuhe trägt. Schaute meinerseits da hierbei, noch umso genauer hin. Mein erster Gedanke mutmaßte: Hä, will er damit anfangen, da fehlen nur noch die Stöcke, sonst wäre es perfekt für Nordic Walking! Torsten kam mir entgegen mit einem: »Guten Morgen!«, fortsetzend stolz einherredend: »Schau mal! Ich habe mir Laufschuhe gekauft, sie waren im Angebot.« Mein Erkundigen ergab: »Was sehe ich? Sollen das, Laufschuhe sein?« Er: »Der Verkäufer meinte, dass es Laufschuhe sind.« Meine Ansicht hierzu: »Aha!, und dieser Verkäufer ist auch Läufer?« Bemerkte ihm gegenüber weiter: »Du hättest ja etwas warten können, dann wären wir gemeinsam ins Geschäft gegangen, um Laufschuhe anzuschauen.« Der Kerl verstand nicht, warum Zweifel gegen seine Schuhe erwuchsen. Meine Darstellung: »Das sind keine Laufschuhe, sondern Nordic Walking Schuhe.« Torsten winkte ab: »Egal jetzt habe ich sie an.« Mit einem: »Wir können!«, strebte er jetzt los. Während meine Gedanken skeptisch dafürhielten, das kann ja heiter werden! Bemerkte meinerseits fort: »Mach erst mal langsam! Wir müssen zum Aufwärmen erst ein Stück gehen. Im Anschluss daran, in circa paar Minuten, beginnen wir dann mit dem richtigen Laufen.« Doch ebendieser einsichtslose Herr: »Gut alles was du meinst.« Aber gab übermütig an: »Ich brauche keine Belehrung. Ja, war früher bei der Bundeswehr, da nahm keiner Rücksicht!« »Bist du irgendwie mürrisch?«, ergab meine deutliche Frage. Brumm-Bärchen erwiderte: »Nein!« Auf mein Drängen hin: »Okay, dann lass uns mal etwas langsam anfangen zu laufen!« Torsten: »Wie jetzt schon?« Ein: »Ja«, entstammte mir als Rückäußerung in den Sinn. Wollte meinerseits wissen: »Wieso fragst du?! Eben kam von dir aus hervor, dass du keine Belehrung brauchst! Wenn dir weitere Fragen einfallen und du nur Reden willst, wird ab hier das gemeinsame Laufen abgebrochen! Ansonsten kannst du alleine los!« So langsam kamen aus meiner Sicht beträchtliche Bedenken auf, dass es ein Fehler wäre, mit ihm Sport zu treiben. Grollte ihm deshalb gereizt entgegen: »Torsten, nun komm! Ich will irgendwann zu Hause sein!«

Torsten: »Gut lass es uns angehen, aber langsam. Ich bin Raucher.« Meinerseits entstammte blass erstaunt ein: »Echt? Ist mir gar nicht aufgefallen.« Meine Bedenken ergaben, man kann es ja auf keinen Fall überhören, wo möge sonst dieses ›Pfeifen‹ herkommen. Wir liefen jetzt fast einen Kilometer, da sagte ich: »Du sollst etwas Vorlaufen. Ich muss noch meine Schuhe fester zubinden.« Dieser Pfundskerl ergriff die Gelegenheit, um mir gegenüber unter Beweis zu stellen, wie schnell, jener Sportkamerad doch

Rennen kann. Zumal man richtig seine ganze Kraft aufwenden musste, um ihn einzuholen. Andere versierte Läufer, schauten irritiert Torsten nach, sie mutmaßten: »Der hat es aber eilig!« Meine Spöttelei in diesem Atemzug: »Der ist ein Ex-Feldjäger und braucht das. Masse bis zum Abwinken, aber nichts im Kopf.« Lachend lief die Sportlergruppe weiter. Ab dem Zeitpunkt kamen Zweifel empor, das geht sowieso nie und nimmer gut. Nicht umsonst sagt man: Wer nicht hören will, muss fühlen. Ich holte jenem wild gewordenen ›Bären‹ ein! Verbissen sagte er: »Das ist doch nicht so leicht, mich einzuholen.« Ich: Stimmt, aber in deiner Haut möchte ab jetzt niemand stecken. Auf deinen Muskelkater, oder schlimmeres, bin ich mal gespannt.« Torsten winkte ab. Mein folgerichtiges Dafürhalten hieraus: »Komm, lass uns eine Pause einlegen.« Er: Warum? Brauchst Du eine? Ich: »Nein, aber Du bestimmt!« Doch jener tollkühne Kamerad verneinte mit einem: »Bin gerade so richtig im Lauf-Rhythmus.« Mein wohlgemeintes Anraten: »Ich mache jetzt eine Pause, ob Du willst, überlasse ich Dir.« Bärchen artikulierte samt Schadenfreude: »Gut Du bist ja auch schon Älter.« Ich: »Stimmt, aber ich will ja nicht verantwortlich sein, wenn du mir hier zusammen brichst. Torsten fing auf einmal an zu humpeln, sagt, ist das normal, das die Knie stechen nach dem Laufen? An dieser Stelle habe ich das Laufen abgebrochen, bin langsam mit ihm zurückgegangen, an Laufen, war in den nächsten Wochen nicht mehr zu denken. Was er brauchte, war ein guter Arzt.

***

Februar 2014 Karneval

Karneval und eine neue Seite an mir. Es ist die zweite Woche im Februar, mein Liebster und ich gingen Spazieren, es war gar nicht so kalt und gehen, konnte er wieder, zwar noch nicht wieder so richtig, aber so zwei km durfte er wieder Laufen. Da sagte ich, Karneval gehe ich als Frau verkleidet. Er, das will ich sehen, ja das kannst du. Ich habe Bilder gemacht. Wir können ja mal so nach draußen gehen, abends. Meine Nachbarin und deren Mann, haben mich schon mal so gesehen, bei der Anprobe vom Kleid meiner Frau, und haben mir Tipps gegeben, das mit der Rocklänge und so. Du und ich könnten, ja mal in der Woche, so in den Wald gehen. Ja sagte er: »Das« will ich sehen, wie du so aussiehst. Habe ihm einige Fotos gezeigt und er meinte, man siehst du jung aus, wie eine junge Frau. Als es Mittwoch war, bekam ich eine Nachricht von meinem Bärchen, dass er so gegen 19 Uhr vorbei kommen wollte und mich abholen möchte, da wäre es ja schon dunkel draußen. Ich, sagte, so richtig dunkel, ist es gegen 20 Uhr, da sind auch nicht so viele Leute unterwegs. Damals war ich mir noch nicht so sicher, ob ich es mir überhaupt trauen würde, so hinauszugehen.

Torsten sprachlos

Ich zog mich um und sagte zur Gaby, wenn Torsten kommt, klopfst du an die Schlafzimmer Türe, ich will ihn Überraschen. Ich habe das Kleid und halterlose Strümpfe an und Pumps und Perücke und eine Winterjacke und Handtasche. Es klingelte und ich ging in das Schlafzimmer und wartete ab, bis Gaby, Torsten hineinbegleitete in das Wohnzimmer, und Torsten sagte, wo ist der Toni? Meine Frau sagte, Toni? Der ist nicht da, aber Nancy ist zu Besuch und will dich kennenlernen, er verdutzt und lachte noch, aber das verging ihm dann schon. Meine Frau klopfte an die Schlafzimmer Türe, sie konnte sich kaum beherrschen vor Lachen, also jetzt ist es soweit, das erste Mal vor meinen Schatzi, was der wohl meint und ob er so mit mir nach draußen geht und es war auch am Regnen. Ich trat aus dem Schlafzimmer und sagte: »Hallo«, Du bist der Torsten? Ja sagte er und spielte mit, ich bin die Nancy und bin auf Besuch, wo kann ich meine Sachen ablegen. Nancy, sagte, der Toni, der hat schon viel erzählt von dir, er sagte immer, du bist immer so geil, ich legte die Jacke über den Sessel und ging zum Sofa zu ihm. Ich, sagte, das muss ich aber mal testen, ob das so stimmt was der

Toni da so behauptet. Und sagte Nancy, stehst du auch auf Frauen oder nur auf Männer? Er, verschluckte sich bald dabei, musste aber grinsen. Aber so leicht kam er mir nicht davon, ich setzte mich auf seinen Schoß und umarmte ihn und tat so als wollte ich ihn Küssen und fragte, na du, gefalle ich dir so? Er, meinte, du siehst so toll aus wie eine Frau, wenn ich nicht wüsste, dass du es bist, würde ich glauben, du bist eine Frau. Ich sagte, bin ich doch auch, jedenfalls für heute Abend, und meinte, gehst du so mit mir nach draußen. Außerdem sagte ich, dass ich keine Unterwäsche trage, bin ein ungezogenes Mädchen und brauche dringend etwas in meinem Po.

Er sichtlich überrascht bekam den Mund kaum zu, ich sagte, glaubst du es mir nicht, dann schau doch nach oder hast du Angst vor einem unschuldigen Mädchen. Er, du unschuldig du bist die Geilheit pur aber nicht unschuldig. Ich, oh danke das ist aber mal etwas Nettes, aber das sagst du nur so und sagte nun mach schon und nahm seine Hände und schob sie über meine halterlosen Nylons. Und sagte ich zu ihm, wie fühlt es sich an? Er, sagte, geil er hätte schon einen Ständer und ob wir noch nach draußen gehen sollen, könnten doch auch hier: »Nee« sagte ich, möchte nach draußen, oder schämst du dich mit mir? Er, nein warum sollte ich? Ich, weiß nicht? Ich ging runter von seinem Schoß und zog meine Jacke an und nahm die Handtasche und ging raus auf dem Flur und setzte noch einen drauf, ich schellte bei unseren Nachbarn, die Nachbarin, Schaute verdutzt und ungläubig. Ich sagte zu ihr, was meinen Sie, kann ich so hinausgehen mit meinem Freund? Sie kam auf dem Flur und sah meinen Freund an, und meinte, na sicher mit so einer netten Frau, und meinte noch, aber sauber bleiben, mit einem Lächeln. Wir gingen hinaus, es war ungemütlich, ich spannte den Schirm auf. Ich, sagte, zu Bärchen, dass er unter dem Schirm kommen soll. Er würde sonst so nass. Torsten sagte: »Nein«, wenn es jemand sehen würde, wenn er mit einer Frau hier spazieren gehen würde, seine Kerrie das herausbekommt, es wieder Ärger geben wird. Es kamen einige Menschen uns entgegen, aber keinem fiel irgendetwas auf. Wir gingen in den Wald, dort in der Nähe, ist ein Spielplatz, mit einem Unterstand. Wir kamen an dem Unterstand an. Stellten uns unter. Torsten kam näher an mich heran, seine Hand ging unter meinem Rock, er fasste beherzt zu, sagte zu mir, dass er mich gerne hier nehmen möchte, seine Finger glitten in mich hinein, er fingerte mich. Es war eine reine Wonne, was mein Bärchen, mit seinen Fingern, so anstellen vermochte. Torsten wollte mehr, er versuchte, mich anal zu penetrieren, was misslang. Ich wollte es jetzt auch, ich sagte: »Lass uns drüben an der Parkbank es versuchen, der Regen hat aufgehört«, so begab ich mich zu der Bank hin. Hob den Rock hoch, bückte mich nach vorne, Torsten gab alles, es war umwerfend schön, wir kamen gemeinsam ... Wir gingen wieder zurück, nach Hause.

Weiber Fastnacht

Weiber Fastnacht, ich bin wieder einmal alleine zu Hause, meine Frau ist über das Wochenende, mit ihrer Schwester und den anderen Mädels unterwegs. Ich bin etwas nervös, ich bin umgezogen, gekleidet als Frau, habe hochhackige Pumps an. Ich habe den ganzen Tag geübt darin zu laufen, es ging auch ganz gut. Habe mich geschminkt, Perücke, Lederrock, der doch sehr knapp, über meine Knie abschloss. Ich beschloss, in die Altstadt zu gehen. Viele Frauen waren unterwegs, es viel wohl gar nicht so stark auf, das ich ein Mann in Verkleidung bin. Aber mir taten jetzt schon die Füße weh, das Schlimmste stand mir noch bevor. Pflastersteine so weit das Auge reicht. Es waren aber nur wenige Meter, aber nach meinem Empfinden, kam es mir wie mehrere km vor. Endlich war die Kneipe zu sehen, es war sehr voll dort, ich ging in die Bar namens Josef, hinein. Ging zum Tresen und bestellte mir einen Radler, ein, zwei, Gläser, meldete sich die Natur, ich musste auf die Toilette. Ich bin es ja gewohnt das Herrenklo aufzusuchen, so auch jetzt, als ich hineintrat, mich an das Pissbecken stellte, den Rock lupfte, meinte ein anderer Mann, Mädel du bist aber ein Kaliber. Ich, sagte wieso? Der Mann sagte, dass ich auf der Herrentoilette wäre, bemerkte noch, dass man so etwas auch nicht alle Tage zu sehen bekäme, aber ich wohl sehr treffsicher, im Stehen pinkeln könnte. Ich lachte, ging hinaus. Als wäre es nicht genug, dass mir alles wehtat, vor allem die Füße, mussten auch noch so zwei neunmalkluge junge Männer, mich mit einem Spruch anmachen, das sie mir wohl zeigen wollen, was richtige Männer wohl können. Sie meinten, dass sie es mir so richtig besorgen wollen. Ich freundlich geantwortet, wenn sie so Männer, so richtige Männer kennen, sollen sie, »Sie«, mir vorbeischicken. Ich dachte, Kinder.

Wieder zu Hause

Ich kam zu Hause an. Ich zog die Pumps im Flur aus. Was eine Wohltat. Ich ging in das Wohnzimmer, ich hatte so ein Gefühl, als würde der Boden wellen schlagen. Ich zog mich um, aber ich dachte über das erlebte nach, ich konnte es mir Vorstellen es öfters zu tun, dass Verkleiden, es gefiel mir sehr. Ab diesem Tag gehörte es einfach dazu, mich in der Öffentlichkeit zu zeigen. Ich schaute auf mein Smartphone, mehrere Nachrichten von meinem Bärchen, darauf zu sehen. Er schrieb, ob ich Spaß gehabt habe, ob ich wieder zu Hause sei. Ich war zu kaputt, an diesem Abend, um ihm zurückzuschreiben. Morgen ist ein neuer Tag. Es kam noch eine E-Mail, von Bärchen, ob er Samstag oder Sonntag vorbei kommen könnte, er möchte etwas mit mir besprechen. Ich raffte mich auf, schrieb, dass ich am Wochenende alleine wäre, er kommen könnte, danach schlief ich ein. Ich träumte von dem Erlebten.

Samstag ging ich in die Stadt und holte mir eine Netzstrumpfhose und zog mich um wieder mal als Frau. Ich machte meine ersten Fotos von mir, als Frau und erotische Bilder, veröffentlichte sie auf Facebook. Die Resonanz war schon ungewöhnlich, wie viele Männer mir geschrieben haben und meinten, dass ich eine tolle Frau wäre und sie verblüfft waren, dass ich mich als Mann geoutet habe.

Der Startschuss

Ich hatte immer so große Sehnsucht, ich vermisste die Zeit. Damals als wir uns kennengelernt haben, da war alles so unbeschwert, jetzt wie soll man es sagen, der Lack ist ab, was sollte noch kommen, er hatte keine Zeit mehr. Er hat zwar immer geschrieben, wie lieb er mich habe, dass er mich, so vermissen würde und ja bald Schulferien sind und wir ja, dann wenn er Urlaub hätte, so drei Wochen, auch Fahrrad touren machen könnten und er sich darauf freuen würde. Ich hatte meine Bedenken, ob es überhaupt noch weiter gehen würde. Es war so ein Gefühl und es sollte sich bewahrheiten, aber noch ist es nicht so weit. Ich ging, häufig in die Stadt mit meiner Frau und erblickte, so manchen schönen Rock, den ich gleich anprobieren musste, auch nach Schuhe und nach Wäsche schaute ich immer mehr nach. Mich zog es wie einen Magneten, in die Damenabteilung und auch wenn ich mal nichts kaufte. Aber anprobieren, musste ich die Sachen. Es war wie ein Zwang und so manch einen Rock habe ich mir so gekauft. Zu Hause dann sofort angezogen und Fotos gemacht und veröffentlicht. Anerkennungen, bekommen im Internet, es gefiel mir, mich aufreizend zu kleiden und auf YouTube und meiner Website mich zu zeigen. Und dann beschloss ich, mich mal wieder zu verkleiden, und mal so mit meiner Frau nach draußen zu gehen, wie das wohl sein wird, so hinauszugehen, habe mir ja die Tage zuvor, zwei Perücken gekauft, eine schwarze und eine schwarze mit roten Strähnen, beide mit langen Haaren.

 Ich sagte: »Zu meiner Frau, ob sie Fotos machen kann, mit dem Smartphone und hier und da ein Filmchen.« »Sie, sagte mir, dass sie es gerne macht, ist irgendwie spannend.« Also habe ich mich angezogen und ging so hinaus und hatte ein Kribbeln in Mir, mitten im Sommer das erste Mal in der Stadt so verkleidet, meiner Frau machte es sichtlich vergnügen, so mit mir in die Stadt zu gehen und zu Shoppen und es machte mir auch sehr viel Spaß. Die Menschen so zu verschaukeln oder eher zu provozieren. Aber es machte auch vieles einfacher, zum Beispiel wenn man Kleidung anprobieren wollte, man musste sich nicht so Schämen, wenn man mal einen Rock oder Kleid anprobieren wollte. Ich merkte schon eine Veränderung, an mir, die sexuellen Gedanken, waren nicht mehr so im Vordergrund, ich hatte einfach Spaß, mich so zu zeigen in der Öffentlichkeit und muss sagen, habe mich schon lange, nicht mehr so lebendig gefühlt. Es war ein

Samstag und ich stand auf dem Balkon, verkleidet und dachte an nichts Böses, als ich aus dem Augenwinkel, einen Nachbarn, bemerkte, der mir auf die Beine und Po schaute, wie sollte ich reagieren jetzt, ich drehte mich um und er grüßte höflich, ich nickte ihm zu, wollte ihn noch ein wenig im Glauben lassen, dass ich eine Frau bin, bevor ich ihn fragte: »Erkennst du mich nicht?« Mein Nachbar stutzte und sagte: »Ach das gibt es doch nicht!« Er sagte: »Habe gedacht, du bist seine Schwester«, er musste Lachen, er war schon ein wenig verlegen. Ich habe ihn, aus der peinlichen Lage befreit und ihm von meiner neuen Leidenschaft, erzählt und das es Spaß macht so herumzulaufen. Er sagte: »Du siehst klasse aus und heutzutage, ist das kein Problem mehr«, aber ich sollte mir höhere, Absätze, zu legen, das würde meine Beine noch besser zur Geltung bringen. Da ich zu diesem Zeitpunkt meinen Internetanbieter wechseln wollte und kein Internet hatte, habe ich Torsten gefragt, ob ich bei ihm vorbei kommen darf und im Internet, einen Film von mir Hochladen darf, er bejahte es und ich sagte, komme aber verkleidet vorbei, aber wollte vorher noch in den Park und dann in ein paar Geschäfte noch, danach zu ihm nach Hause vorbei kommen.

Öffentlichkeit

War schon spannend so in der Öffentlichkeit zu laufen, ach ja habe es beinahe vergessen, ich war ja im Park und wurde von einigen bekannten nicht erkannt und dann von einen älteren Herrn angesprochen. Er flirtete mit mir ein Weilchen, dann schlug ich, meine Beine die in einen sehr kurzen Rock waren, immer mal übereinander und streichelte über meine Beine, wo der Mann sichtlich nervös wurde. Er meinte, jetzt könnte man es aushalten, wo die Sonne etwas weg wäre, ich, erwiderte, dass ich kein Wort verstehen würde auf Italienisch und er es aufgab, weiter mich anzumachen, er ging weiter. Ich war froh darüber dass ich mich nicht, non verbal zu Wehr setzen musste. Und ging auch so langsam zu meinen Freund. Ich begab mich zu ihm nach Hause und er fand es, als Einladung, mir an die Wäsche zu gehen. Ich sagte: »Du hast sonst auch keine Zeit und Lust«, ich, lade mal die Filme hoch und dann bin ich auch wieder weg. Er enttäuscht. Ich, jetzt weißt du, wie das ist, wenn man immer vertröstet wird. Ich verabschiedete Mich und ging nach Hause. Ich wollte nicht im Dunkeln nach Hause gehen, dieses war mir nicht so geheuer, weil ich am Wald vorbei musste. Es ist ja nicht so, dass ich ängstlich bin, will nur keinen Stress haben, und keine schlafenden Hunde wecken. Dann war es Sonntag und wir wollten ja etwas Laufen gehen, er war immer noch sauer wegen gestern. Mir egal bin ich denn Freiwild und immer nur für andere zur Stelle, wenn es in der Hose juckt, bin es manchmal leid, wir gingen laufen und dann in den Wald hinein. Torsten sagte: »Er hätte heute genug Zeit.« Auf einmal packte Torsten, meine Hand und meinte, wir können ja ein wenig spazieren gehen, so Hand in Hand. Ich sagte: »Was ist denn mit dir los, hier im Wald, da willst du es, aber auf der Straße, entziehst du dich mir«, wenn ich dich bei der Begrüßung in den Arm nehmen will. Er sagte: »Das wäre etwas anderes.« Ich wieso? Andere Männer machen es auch und wir sind ein Pärchen und du lässt es nicht zu. Wir gingen ein Stück weiter, in dem Grenzwall und erblickten einen Hochsitz. Er sagte: »Komm wir schauen mal, ob der offen ist, da könnten wir doch rauf klettern.« Ich sagte: »Du weißt schon, dass es nicht gestattet ist und es eine Ordnungswidrigkeit ist, wenn wir erwischt werden. Torsten: »Wer soll uns denn heute, am Sonntag erwischen.« Ich sagte: »Ein Jäger oder Förster, die arbeiten auch am Wochenende.« Aber dumm wie ich nun mal bin, ging ich mit ihm auf den Hochstand und als wenn ich es vorhergeahnt hätte, kam ein Jäger ausgerechnet vorbei, als er seine Hose unten hatte, ich zum Glück noch nicht, ich hatte, eh eine kurze lauf Hose an. Zum Glück sah man es nicht von außen, aber man kann sich ja vorstellen, wie es meinem Freund jetzt erging, innerlich, bevor der Jäger etwas sagte, sagte ich: »Einen schönen Tag und fragte ihn naiv, ob es verboten ist, hier auf dem Hochstand zu sitzen?« Der Jäger sagte: »Ja selbstverständlich«, ich sagte: »Oh das wussten wir nicht«, wir waren laufen und sahen den Hochstand und wollten uns ein wenig ausruhen. Da mein Freund nicht von hier aus der Gegend ist, wollte ich ihm etwas von Remscheid zeigen. Bei dem schönen Wetter und guter Sicht. Wir machen ja auch nichts kaputt, ich zeigte dem Jäger, dass wir nur Wasser, zu trinken dabei hatten. Ich fragte: »Ob wir noch ein Weilchen hier sitzen dürften?«, und uns die Rehe anschauen dürfen. Er sagte: »Eigentlich nicht, aber er würde mal ein Auge zu machen.« Er, verabschiedete sich von uns und sagte dann passen sie auf, bei dem Abstieg, das da nichts passiert, weil die Leitern manchmal schon ganz schön morsch sind. Als er weg war, meinte mein Freund, das war aber knapp, da kann man ja froh sein, dass du so gut Lügen kannst. Ich, hättest mal dein Gesicht sehen sollen, war richtig köstlich, an zu sehen, vor allem mit heruntergelassener Hose. Ich hatte keine Lust mehr hier, es zu tun. Ich sagte: »Komm mit, ich kenn einen anderen Platz, der ist dafür besser oder hast du jetzt die Hose voll«, ich musste Lachen. Komm, neckte ich ihn, Fang mich doch, wenn du kannst, du lahme Schnecke, sag mal, kannst du überhaupt etwas alleine, oder musst du immer etwas gezeigt bekommen, wenn du bei allem so langsam bist, dann kann ich verstehen, warum du im Internet Frauen suchst. Wie hast du eigentlich deine Jetzige kennengelernt? Er, im Internet. Ich, aha das sagt einiges aus über dich, war es eine Versteigerung und du hast alle überboten, gab es nichts anderes im Angebot, oh je was ein elend. Er, hey wie redest du über meine Verlobte! Ich, rede doch gar nicht schlecht über sie, das machst du doch immer, du hast selber gesagt, sie hat einen miesen Charakter, und würde Muffeln und wäre nicht sauber, was die Wohnung angeht, und wenn ich etwas sage und darauf antworte, dann nimmst du sie in Schutz. Da frage ich mich immer, du sagst, du liebst sie und redest so schlecht über sie, vielleicht ist dein Charakter genauso mies! Mein Bärchen sagte: »Aber ganz so schlimm wäre er nicht, wie sie.« Ich, dachte was für eine Aussage, oh man. So komm, ich habe nicht den ganzen Tag Zeit, zum Vögeln, oder willst du es nicht mehr? Er, du stellest fragen, du weißt ganz genau, dass ich es am liebsten, hier und jetzt machen würde. Ich sagte: »Echt hier und jetzt«, »Ok, nehme dich beim Wort.« »Er, wie jetzt, hier? Ich, ja eben sagtest du, hier und jetzt, schon wieder vergessen, so fängt das an im Alter so ab 40 mit dem Vergessen. Man kann schon langsam merken, dass ich ihn nicht mehr, so für voll nehme, man kann es ja auch nicht mehr, bei seinen Aussagen manchmal.

Das einzige was er kann, das ist das mit dem Vögeln mit mir, das hat er gelernt, da waren wir eingespielt aufeinander und das war auch immer mal nett, aber alles andere, da brauchte er immer ein Drehbuch. Aber zurück zu uns, er kam zu mir und meinte dann mach dich nackig, ja das liebte er, mir zu sagen, was ich machen soll. Ich sagte: »Nee mach du das, ich schäme mich, das so zu tun, vor dir«, Er, zog mich aus, ich hatte ja eh nicht viel an, nur Lauf Hose und T-Shirt und Socken und Schuhe, Bärchen sagte: »Bist du sicher, das hier keiner kommt?« Ich, oh doch, ich hoffe ja wenigstens, dass ich noch komme heute, er, du Dodel. Er sagte: »Ich meine andere Leute.« Ich sagte: »Vielleicht kommen die ja auch, weiß ich ja nicht, kommt darauf an, wie gut du bist.« Er sagte zu mir, ich gebe es auf heute, du hast immer einen Spruch parat. Ich, so jetzt mach schon und beugte mich nach vorne und meinte, na wo ist denn der Kleine, ah da, ist er ja und stöhnte etwas mehr wie sonst. Bärchen sagte: »Ich kann doch etwas!« Ich, ja das kannst du, aber lasse dir den Erfolg nicht zu Kopf steigen. Er, hm, wie meinst du das denn, schon wieder? Ich sagte: »Willst du Vögeln oder Quatschen«, und dann taten wir es und dann war es soweit, ich war fertig, er auch, wir machten uns etwas frisch und zogen uns an, und gingen zurück immer den Bach nach, waren gerade aus dem Wald heraus, als er sagte: »Ich habe mein Smartphone liegen lassen!« Ich sagte: »Wo?« Er, ja da wo wir waren eben. Er, das finden wir doch nicht mehr wieder, den Platz! Ich sagte: »Du nicht, aber ich.« Er, meinst du wirklich? Ich, na klar, du denkst bestimmt, dass der Platz, wo wir waren, ein Zufall ist, oder? Er, ja dachte ich. Ich, nein da habe ich schon manche Nr. geschoben, früher schon und lachte ihn aus. Komm, sagte ich, wir gehen zurück, aber nicht den gleichen Weg, wir nehmen eine Abkürzung, so da vorne wo der Baumstumpf ist, neben dem Hochsitz, so zwei Meter, da müsste es liegen, da lagen unsere Sachen, er suchte und suchte und fand es dann, voller Erleichterung sagte er, wenn ich dich nicht hätte. Ich, ich weiß, dann wärst du gar nicht hier und Lachte. Wir gingen nach Hause, er verabschiedete mich noch, er ging die Bahntrasse entlang und ich bin ein wenig noch gelaufen. Das war auch das Letzte mal, wo wir so eine Unternehmung, zusammen gemacht haben. So zwei Wochen später hatte er einen Unfall, wo er sich den Fuß gebrochen hat und im Krankenhaus operiert wurde, das eine Woche vor den Ferien, das war's dann mit den Fahrradtouren und gemeinsamen Ausflügen, habe es ja kommen sehen, das es wieder so wird. Das ist dann auch die Zeit, wo ich ein Ventil brauchte, das fand ich in der Sache, mit dem Verkleiden, immer wenn ich den Drang verspürte meinen Freund vernaschen zu wollen, habe ich mich verkleidet und ging dann auf dem Balkon und sprach mit meinen Nachbarn, eins muss man sagen, habe wirklich gute Nachbarn, einige meinen zwar, ich sei etwas speziell, aber das nehme ich als Kompliment auf, besser speziell als langweilig oder?

ich bin ein Crossdresser

Jetzt, sage ich über mich, in bin ein Crossdresser und bin stolz darauf. Ich hab mir sogar ein paar Brüste geholt, aus Silikon, selbst haftend und die fühlen sich richtig echt an. Es ist ein angenehmes Gefühl, sie zu tragen, da sie die Körperwärme annehmen. Ich sagte: »Zu meiner Frau, komm, lass uns nach Remscheid fahren«, ich machte mich zurecht und schminkte mich auch, zog einen Rock an, der so etwas über die Knie abschloss und eine nette Bluse und eine schwarze Jacke und konnte es gar nicht abwarten, so nach Remscheid zu fahren mit dem Bus. Es waren auch einige Nachbarn, von uns unterwegs. Aber die meinten nur, sie haben mal einen Bericht im Fernsehen gesehen, über Transsexuelle und anderen, das finden sie auch gut, das ich dazu stehe und mein Leben, lebe, egal was andere, Denken oder reden. Sie meinten, reden tun sie alle sowieso. Es war schon etwas anderes in Remscheid so zu laufen, Remscheid ist nicht Köln, muss man dabei sagen, klar etwas größer als Lennep schon, und mich, haben einige Tausend Menschen gesehen und mich auch als Mann erkannt, aber das ist ja das Prickelnde, vor allem im Allee Center, jeder schaute mich an, aber keiner der mich in irgend einer Form beleidigt hat. Ich gehe auch selbstbewusst damit um, wir gingen von einem Laden, zum anderen Laden und probierten Damen Kleidung an, meine Frau meinte: »Das macht richtig Spaß, mit dir.« Als mir so langsam die Füße wehtaten, von den hohen Schuhen, fuhren wir wieder nach Hause, ich war echt erleichtert, das ich es getan habe, so hinauszugehen und mich so zu zeigen. An dieser Stelle, möchte ich allen Männern sagen, auch wenn es eine Überwindung ist, es lohnt sich, es zu tun, ihr seid danach, wie in einen Glücksrausch und denkt, ihr könntet alles erreichen. Glaubt an euch. Sonntags waren wir, wieder so unterwegs. Ich bekam gar nicht genug davon, mich zu verkleiden. Es machte so viel Spaß immer, vor allem wenn ich mit meiner Frau, unterwegs war. Sie kommt damit klar, warum weil ich zu ihr immer ehrlich bin und keine Geheimnisse gibt, zwischen uns, es hat unsere Beziehung noch gefestigter als vorher. Aber was noch verblüffender ist, das ist die Tatsache, dass ich nicht einen Augenblick an meinen Freund dachte, das mit dem Sex, ich vermisse es gar nicht, aber es ist auch nicht der Fall, dass es mich in einer Form sexuell erregt, wenn ich als Frau, unterwegs bin. Manchmal denke ich, dass es meine wahre Natur ist, ich meine nicht, das ich mich, um operieren würde, das nicht, mir gefällt es nach wie vor, auch mal mit drei Tage Bart auszugehen. Aber als Frau gehe ich noch mehr aus mir heraus, zum Beispiel das Tanzen, tu ich gerne so. Ich bin verständnisvoller und umgänglicher, aber ich kann auch zickig werden, wenn ich das Teil im Geschäft, nicht in meiner Größe bekomme. Alles so Marotten, die mir an mir aufgefallen sind. So dann war es der 26.07.2014, meinem Freund ging es so weit, so gut, er durfte ja nicht Laufen. Wir bezahlten, das Taxi, damit er, seine Verlobte und Timm, auch auf dem Geburtstag meiner Frau, vorbeischauen konnten, es war 15 Uhr, das Taxi kam und ich nahm die kleine Familie in Empfang. Nach der Begrüßung gingen wir alle auf dem Balkon, wo wir es vor hatten, zu Grillen. Ich habe extra ein Sofa auf dem Balkon gestellt, damit er sein Bein hochlegen konnte, wir grillten und haben uns abgewechselt, mit dem Aufpassen, auf das Grillgut, mein Freund sagte: »Er, kann das gut, das grillen.« Ja das kann er, er hätte bald das Haus abgefackelt, es ging noch mal gut, aber ich grillte dann weiter, das war mir nicht geheuer mit ihm. Als wir unseren ersten Hunger, gestillt haben. Sagte mein Bärchen: »Ich, hätte angeblich einen Receiver von ihm noch im Keller«, ich sagte: »Nee, das wüsste ich aber!« »Er, ach komm, wir können doch mal schauen«, weil wir ihn auch nicht haben. »Ich, gut gehen wir in den Keller«, ich schloss den Keller auf, und was habe ich dir gesagt, nichts. Er sagte: »Dann hat es jemand weggeschmissen, aber vielleicht hast du es im Korridor, im Schrank getan. Ich sagte: »Ich weiß überhaupt nicht wie das Teil aussieht und wenn ich sage, ich habe es nicht, dann ist es auch so«, dann meinte er: »Komm mal her und ging mir in die Hose. Ich sagte: »Lass es sein!« Er sagte: »Warum ich mich so anstellen würde.« Ich sagte: »Ich habe darauf keine Lust mehr«, Er, warum? Ich, weil ich angepisst bin, dass du mir nicht glaubst, dass ich das Gerät nicht habe und fast du mich noch mal an, dann kannst du dir jetzt schon mal einen Krankenwagen bestellen. Er, schaute verblüfft und sagte, du meinst dass jetzt ernst! Ich, und ob! Ich bin sowieso genervt, willst du wissen warum? Weil ich so tun muss, als wäre nichts zwischen uns, vor deiner Partnerin. Wir, Torsten und ich, gingen zurück und kamen in das Wohnzimmer und er meinte: »Können ja mal in den Schränken schauen«, er behauptete, du hast es in einen Schrank damals reingetan, weil es im Keller, wegen der Feuchtigkeit unsicher war. Ich sagte: »So zum letzten Mal und meine Stimme wurde, lauter, ich habe das Scheiß Teil noch nie in meinem Leben gesehen und wenn du es nicht glaubst, dann kannst du dich verpissen.« Ich war noch Wütender als im Keller. Seine Verlobte meinte: »Was habt ihr beide denn?« Ich sagte: »Torsten wollte mir an die Wäsche gehen und ich habe keine Lust darauf.« Sie, nah klar du und deine Sprüche. Ich sagte: »Torsten, wenn du streit suchst, rufe ich ein Taxi und du kannst dann abhauen, ich habe die Schnauze voll, so langsam von dir.« Er, es war doch nicht so gemeint, wir gingen auf dem Balkon und ich holte den Wodka und das Mädchen Bier, und wir fingen an zu Saufen, man hatte ich einen Frust. Dann fingen sie noch an zu kuscheln, seine Verlobte und er, ich habe gesagt, oh ist es wieder soweit, das ihr so tut als würde noch etwas mit euch laufen. Sie, wie meinst du das denn? Ich grinste und sagte: »Torsten beschwert sich immer, dass er keinen Sex mehr hat.« Ich sagte zu ihr, warum glaubst du denn, dass er, sooft hier ist. Torsten mischte sich in unser Gespräch ein. Er, empört, jetzt höre aber auf! Kerrie glaubt das sonst noch. Ich sagte: » Das kann sie auch, stimmt doch auch, kommt sowieso eines Tages raus.« Er sagte: »Toni, du hast zu viel getrunken!« »Ich sagte: ›Zu viel ich!‹«. »Ich glaube, ich bin der Einzige hier, der klar sieht.«

Kerrie sagte: »Torsten, ich wusste immer das ihr, was zu dritt, am Laufen habt und sie lachte.« Ich dachte nur, wenn du wüsstest. Dann war es schon so drei Uhr morgens und ich bestellte ein Taxi und brachte ihn noch hinaus, sagte gute Besserung und kommt gut nach Hause. Wenn ich, geahnt hätte, zu dem Zeitpunkt, dass es einen Monat später, zu so einen Zwischenfall kommen soll, hätte ich den Tag, mit meiner Frau, lieber alleine verbracht.

Freundschaft?

Es wahren, jetzt so zwei Wochen vergangen, also im August 2014, so nach 16 Monaten wo ich jetzt mit meinem Freund zusammen bin, zeigt er sein wahres Ich, und seine Verlobte, von ihr habe ich es auch nicht anders erwartet, sie ist so, wie sie ist, ziemlich direkt so wie ich auch. Was war geschehen, es begann so harmlos, wir meine Frau und ich hatten vor Sauerkraut zu Kochen, richtig mit Kümmel und Kassler. Dazu noch gegrillte Wurst und haben reichlich gekocht und wollten nur gut sein ohne Hintergedanken, weil es ist ja nicht das erste Mal, dass ich für die drei gekocht habe, weil mein Freund es auch so gerne deftig mag, das Essen, habe ihn angeschrieben, ob sie auch etwas haben wollten, da sagte er nicht nein, aber hätte ich es gewusst, was das alles ins Rollen bringt, dann hätte ich es gelassen, aber vielleicht war die Zeit dafür reif, dass ich, wir, das wahre Gesicht kennenlernen durften. Ich hatte samstags alles schon vorbereitet, und sonntags dann fertig eingepackt, mein Gedanke an diesem Tag na, ob denen, das wohl schmecken würde, aber das sollte das kleinste Übel an diesem schönen sonnigen Tag sein. Ich habe wie immer mit ihm vorher noch geschrieben, und gesagt wann, es ihnen recht wäre das wir vorbeikommen, er sagte: »So gegen 15 Uhr dann könnten wir Kaffee zusammen Trinken«, ich sagte: »Aber nicht wundern gehe als Frau verkleidet zu euch«, und anschließend noch mit meiner Frau in die Altstadt eventuell noch Eis essen könntet ja mit gehen. Mein Freund meinte: »Das wäre zu anstrengend noch!«, und meinte: »Du weißt schon, dass Kerrie (Verlobte) von ihm, auch hier zu Hause ist«, ich sagte: »Aha dann darf ich so nicht vorbeikommen?« Er, das habe ich so nicht gesagt, aber du weißt, wie sie ist, ich sagte: »Sie hat mir gesagt, dass sie kein Problem damit hat.« Er: »Na gut, bis nachher«, ich, Kuss bis dann. Meine Frau und ich, zogen uns an, ich habe mich aufgebrezelt, so richtig mit neuem Rock und geschminkt und Parfum, wir gingen, zu ihnen. Es ist ja nicht so arg weit, aber so ¾ Std. wenn man gemütlich geht schon, ich musste ja auch etwas langsamer gehen, hatte neue hohe Schuhe an, war noch etwas wackelig auf den Beinen. Als wir dann ankamen, gingen wir in das Haus, schellen kann man da am Haus nicht, die Haustür ist immer offen, Tag und Nacht, das weiß nur kaum jemand, also man kann sie einfach aufdrücken. Wir gingen die Treppen hinauf und klopften an die Tür und der Sohnemann machte uns auf und sagte zu seiner Mutter, die Gaby ist auch da, sie na und, lass sie doch rein.

Freundschaft eine Maske?

Was dann geschah, damit haben wir nicht gerechnet, erst mal keine Begrüßung, von meinem Freund wie sonst. Ich ging in das Wohnzimmer und er machte den Stuhl frei. Obwohl sie wussten, dass wir kommen, war kein Sitzplatz frei, in unserem Beisein lief seine Verlobte, ohne uns einen Blickes würdig, an uns vorbei, mit gesenkten Hauptes. Torsten meinte: »Du kannst dich ja hierhin setzen«, ich gab ihm die Tasche, mit dem Essen und er fragte dumm, was das wäre? Dann kam meine Frau, auch hinein in das Wohnzimmer und die angebliche gute Freundin, lief, an der Gaby vorbei, ohne ein Wort und als Torsten fragte? Was los sei, meinte sie, sie müsste aufräumen, das war aber nicht der Grund. Ich habe es ihr angesehen, direkt, dass etwas ist, ich fragte: »Kerrie was ist?« Kerrie: »Ach Toni frag doch nicht so dumm!«, Torsten hat doch bestimmt, dir schon gesagt, dass ich das nicht will, dass du so vorbeikommst, weil ich nicht möchte das die Nachbarn sehen was und mit wem wir befreundet sind. Den Schock musste ich erst mal verarbeiten, so eine Minute, Reaktion Verlust, ich, nur dann alles Gute für die Zukunft noch ihr beiden, komm Gaby, wir gehen, ich ging so schnell, ich konnte hinaus aus dem Haus, meine Frau wusste überhaupt nicht, was jetzt los ist und fragte: »Was war denn los?« Ich sagte: »Ach Gaby, weißt du, wenn sie Geld brauchen, dann ist man gut genug, egal wer du bist oder was du anhast, aber wenn sie nichts brauchen, dann bist du der letzte Dreck.« Gaby und ich, gingen in die Stadt, ich habe mir nichts anmerken lassen, weder das ich sauer war, noch das ich innerlich am Weinen bin, diese Enttäuschung werde ich nie vergessen. Wir sind dann noch in der Stadt gewesen und haben Eis gegessen und Fotos gemacht, so wie wir es vorhatten, und sind sehr höflich behandelt worden, der Inhaber des Eissalons meinte noch, ob ich ein Mann oder eine Frau wäre, ich sagte: »Auf Italienisch, das er es sich aussuchen kann, was ich sein sollte.« Der Inhaber Lachte und meinte: »Gut gekontert.« Anschließend sind wir meine Frau und ich langsam, wieder nach Hause gegangen und haben noch Fotos gemacht.

Trennung endgültig

Als wir von dem schönen Sonntagnachmittag, nach Hause kamen, schaute ich auf das Tablet und hatte so fünf Nachrichten, von meinem Freund darauf, wo er mir sagte: »Das es ihm leidtut«, das mit der Kerrie, dass sie so reagiert habe, er habe es ja erwähnt, das sie zu Hause ist, und Theater machen würde. Ich darauf geantwortet, weißt du um mich zu Ficken und anzupumpen bin ich gut genug, aber einmal zu mir zuhalten, das geht nicht. Er antwortete: »Ich wusste sofort, was kommen würde und das es Theater gibt, deshalb hat er nichts gesagt.« Ich: »Du hast weder mich noch die Gaby begrüßt, das alleine sagt schon einiges aus, ich beende jetzt unsere Freundschaft.« Ich musste, nicht lange warten, da bekam ich eine Nachricht, dass er vorbeikommen wollte. Ich mich erst mal beruhigen sollte. Ich habe geschrieben, ich bin so etwas von ruhig und habe noch niemals klarer gesehen, und jetzt bestätigt worden bin, dass man uns nur ausgenutzt hat. Ich habe daraufhin einen Fehler gemacht oder auch nicht, habe es in den sozialen Netzwerken geschrieben, dass ich mich getrennt habe, gerade von meinem Freund und Lover, und die Kerrie (seine Verlobte) es gelesen hat. Er: schrieb danke, dass du es auf FB; veröffentlicht hast, sie weiß es nun. Ich: dann auf FB; gepostet, der Lauscher an der Wand und willkommen auf meiner Seite liebe Kerrie. Ich hoffe, du hast alles gelesen und habe mich entschuldigt bei ihr, dass ich sie hintergangen habe und belogen, dass es nicht fair ihr gegenüber war. Sie die Entschuldigung auch nicht so ernst nehmen sollte, weil ihr Charakter 1000-mal schlechter ist. Darauf bekam ich von meinem Ex, die Nachricht, dass sie es gelesen hat und jetzt auch weiß, dass wir noch schreiben würden.

Nach zwei Wochen bekam ich eine Nachricht, ob er noch einmal vorbeikommen könnte und wir uns aussprechen könnten, das war dann auch in meinem Interesse. Habe mich extra schick gemacht für ihn, damit er weiß, dass er mich kreuzweise kann. Er kam dann an gehumpelt, meine Frau begrüßte ihn, ich nicht. Kein Händedruck, nichts.

Ich sagte: »Hoffe, du hast mein Geld dabei, sonst lernst du mich mal kennen, ich will hoffen, du bist gut Kranken-versichert.«

Er sagte: »Ich habe dir nichts getan, warum werde ich bestraft dafür.«

Ich sagte: »Ich wollte mit dir reden, aber es macht in meinen Augen, keinen Sinn mehr.« Ich beendete die Verbindung zu ihm, endgültig.

Ich bin, jetzt im Augenblick, nicht weiter, an Männern interessiert. Ich bin ein Crossdresser und es gefällt mir und meiner Frau und wir sind ab und an, zwei Freundinnen, die zusammen Shoppen gehen und Spaß haben. Ab und an habe ich Besuch, von anderen Transvestiten und Crossdresser und es ist gut so. Aber eins noch, das muss ich loswerden, an der ganzen, Geschichte, ist der Knackpunkt der, das von den Freunden, habe ich etwas Anderes erwartet in Sachen Toleranz und da wo ich gedacht habe, oh mein Gott, die Nachbarn, wenn die mich so sehen, das wird peinlich, dem war nicht so, aber sie sagen, ich wäre etwas sehr speziell. Danke das ist ein Kompliment für mich, besser als langweilig.

Ich schreibe meine Geschichte!

Ich nenne mich in meiner Biografie, Nancy Morgan. Es ist alles noch so frisch, die Trennung von meinem Bärchen. Um das erlebte besser zu bewältigen, beschließe ich, meine Geschichte aufzuschreiben, bis in die heutige Zeit ende 2019. Anfangs war dieses Manuskript nur für mich persönlich gedacht. Es sollte mich später mal an diese Zeit erinnern, wie ich gelebt und es erlebt habe, die Zeit als Crossdresser, besser gesagt, die Frau im Mann. Ich bin dafür dankbar, dass ich es erfahren durfte und noch darf, es ist nicht selbstverständlich auf dieser doch schönen Erde. Man bedenke, das es noch sehr viele Länder gibt die dieses Verhalten, verurteilen und mit Freiheitsberaubung und Leibes-Bestrafungen verfolgen. Ich bin dankbar in dieses Land, geboren zu sein. Aus diesem Grund schreibe ich diese Geschichte für alle gleichgesinnte und interessierte.

Motivation

Das leben als Crossdresser geht weiter, ich sagte es zu mir selber, jetzt erst recht! Ich bin zwar immer noch sehr verletzt, aber ich bin so weit gegangen, warum sollte ich es jetzt aufgeben. Jeder der den Schritt einmal gewagt hat, wird es mir gleichtun, es ist so befreiend.

Das auf dem Bild, bin ich als Mann.

Das ist Nancy, als Crossdresser.

Das kann sich schon sehen lassen. Aber das war nicht immer so. Es gab am Anfang doch erhebliche Schwierigkeiten, das mit dem Stylen.

2014 aller Anfang ist schwer, mutig war ich damals schon. Aus der heutigen Sicht auf dem Anfang, an Karneval sehe ich diesen Style, nur als peinlich. Geht es Schlimmer, aber ja.

Schon sehr Peinlich, ich in einem Supermarkt. Damals nannte ich mich einfach Antonio Mario Zecca, mein wahrer Name, in einem Alter von 53Jahren.

Mit der Zeit wurde es besser.

Hier auf diesem Bild ist Nancy zu sehen, im Alter von 58 Jahren.
 Es war ein langer Prozess. Aber ich bin stets motiviert geblieben, es weiter auszuüben.

WWW.-Manche Wundertüte?

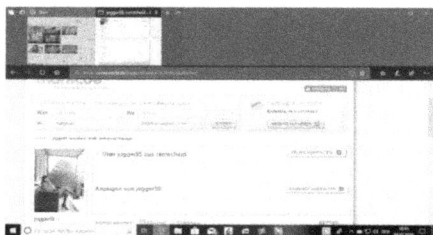

Dies ist eine Kopie, von meinem Kontaktprofil auf der Seite von Markt, im Bereich von Er sucht Ihn.

Obwohl ich diese Seite, weiß Gott nicht in Verruf bringen will. So hat diese seit den letzten Updates, an Qualität verloren. Es wird nun viel mehr Werbung angezeigt. Sie ist zwar weiterhin kostenlos, das was mich allerdings stört, das Profilanzeigen jetzt mehr und mehr professioneller Art und Gewerbe – Anzeigen sind, wo man für gewisse Dinge bezahlen muss.

Auch werden, unterschiede gemacht, was den Bereich von Kontaktanzeigen betrifft. Der eine darf erotische Bilder von sich zeigen, der andere nicht. Nach einer kurzen Mitteilung, von dem Systemadministrator, wird lediglich, auf die AGB hingewiesen. Ich habe den einen und anderen hier kennengelernt, unter anderem auch, meine vergangen große Liebe, mein Bärchen.

Aber was jetzt so angeboten wird, ist bei Weitem nicht mehr die Qualität wie einst. Es ist an der Tagesordnung, das mehr hin und her geschrieben wird. Es werden versprechen getätigt und nicht eingehalten. Manchmal denke ich, dass es ein Volkssport in der schnelllebigen Welt geworden ist, da ja alles sofort verfügbar ist, dass jene nur noch auf die schnelle Nummer aus sind. Ich zeige hier mal einen Text, wie es unteranderem zu Tausenden hier gibt.

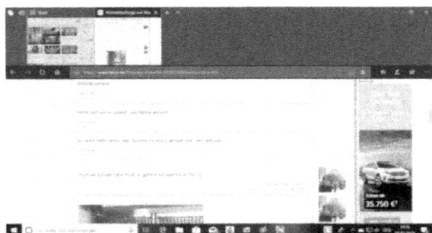

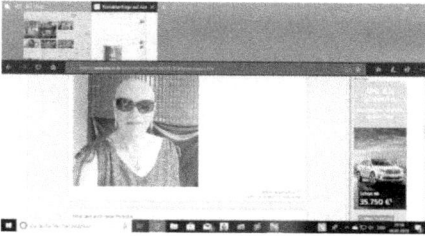

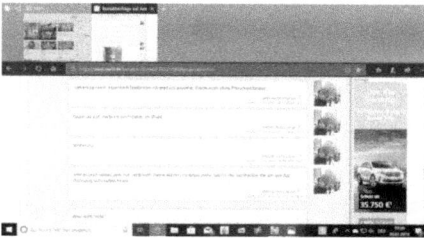

Da ist ein original Dialog! Der auf den Fotos zu sehen ist. Es wir nur hin und her geschrieben, bis einer von Beiden wahrscheinlich sich dabei einen herunterholt, deshalb nenne ich diese nur noch Tasten wichser.

Weitere Kontaktanzeigen:

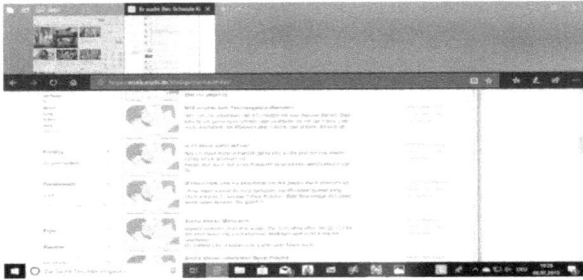

Darunter gibt es auch Anzeigen mit Taschengeld –
Forderungen.

Das gehört sich nach meiner Meinung, überhaupt nicht.

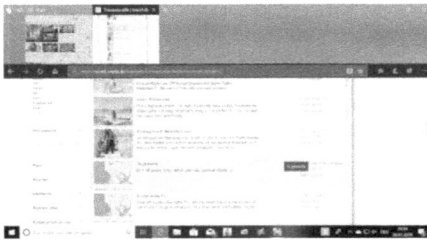

Da war ein kleiner Einblick in das Thema, Kontaktanzeigen.
Ich habe es längst aufgegeben auf diese Art und weise, einen für mich, den geeigneten Sexpartner zu finden. Es ist auch diese digitale Welt schuld, an dem Dilemma. Es ist alles direkt verfügbar auf dem Smartphone, jeder kann

alles von sich geben ohne dafür belangt zu werden. Abartige − Vorstellungen. Unaufgeforderte nackt Bilder. Noch ekliger Genitalien im Überfluss, was ist daran falsch zu verstehen, wenn ich schreibe, ich möchte ein Foto von der Person sehen in Textil. Und was soll ich sagen, wieder das Selbe, ein Penis mit Größenanzeige.

Lassen wir es mal dahingestellt. Es sind bestimmt Exhibitionisten, oder was meinen Sie dazu? Es gibt doch die Rubrik, unter Sonstiges, warum zeigen sie sich nicht dort. Ich belasse es einmal dabei, es sollte nur ein kleiner Einblick sein.

Mittel zum Zweck?

Es sind jetzt fünf Jahre her, wo ich, Nancy, es angefangen habe, das mit dem Kostümieren. Wie ich es angefangen habe, dass Crossdressing, geschah es aus einem bestimmten Motiv. Der Auslöser, das waren Begegnungen mit ganz besonderen Menschen, ich wollte es ihnen gleichtun. Es sind jene Begegnungen im Leben, die ich als Weichenstellung im Spiel des Lebens betitel. Es ist so das irgendwann einmal, jeder in eine Lebenskrise stolpern kann, um daraus auszubrechen, bedarf es eine nicht alltägliche Vorgehensweise. In meinem Fall, sind es Zwischenfälle die in der Kindheit sowie in der Zeit, wo ich denke, dass ich mich im Alter von 51 Jahren, bestimmt in den kritischen Jahren befand oder jetzt mit 58 Jahren noch befinde. Vielleicht ist es auch Bestimmung, wer weiß es schon, was der Schöpfer sich dabei gedacht hat, mich auf diesen Weg zu schicken. Aber ich bereue nichts. Nein, es ist sogar manchmal situationsbedingt ein Vorteil, in meinem Fall – auf jeden Fall! Ich bin schon sehr lange, eigentlich habe ich das System Hartz IV von Anfang an mit erlebt. Gut heute bin ich Schriftsteller, aber dennoch Aufstocker, wie zu Tausende in der schönen Bundesagentur für

Arbeit – Statistik, die einfach aus dieser gestrichen werden. Nichtsdestotrotz muss man sich an die Regeln halten, den Einladungen der jeweiligen Fallmanager/innen/d folgen, ansonsten wird man bedroht mit Sanktionen. Wieso eigentlich? Laut Statistik tauche ich in dieser doch gar nicht auf, aber gegenüber den Sozialleistungsempfängern müssen diese pflichtbewussten diversen Fallmanager/innen/d klare strikte Auflagen zum Ausdruck bringen. Ich nenne sie Kundenberater/innen/d, da es ja so in der Presse immer zu Lesen ist, dass das Jobcenter seine Kunden »Betreut«.

Einladung zu einem Kundengespräch

Es ist doch amüsant, was das System unserer vergangenen Regierung unter Altkanzler Gerhard Schröder für uns Kunden bereit stellte. Ich kenne einige Hartzer, die bei Erwähnung, Jobcenter, Schweißausbrüche, Panikattacken und sogar Weinanfälle bekommen. Dann gibt es die, die Einladungen ignorieren. Das ist nach meiner Ansicht, genau verkehrt; ich vertrete den Standpunkt, dass es in der Gesellschaft ebenso einige Regeln geben muss. Man macht sich zeitweise eigene Gedanken, dass es keinesfalls immer selbstverständlich ist, die Hand einfach aufzuhalten. Da gibt Länder, welche überhaupt keine Sozialversicherung haben. In Deutschland erwächst erkennbar, von Amtswegen stammend ergibt sich ein lohnender Verdienst dafür, falls man / (Mann), vom Beruf als Vater in seinem jungen dynamischen Team, Kinder zeugt. Eindeutig eine zukunftsorientierte Erfüllung, was gewiss demografisch beabsichtigt ist. Jenes Hartz IV Konzept muss auf Biegen und Brechen bestehen bleiben, da ja fortgesetzt, viele Jobs daran hängen. Mitunter ist es leichter Milliarden – Steuergelder zum Fördern des Niedriglohnsektors sowie Hartz IV Bürokratie zu verbuttern, als anständig faire Alternativen, hinsichtlich sinnvoller Reformen der Erwerbstätigkeit, in die Praxis umzusetzen. Genannt sei unter anderem das bedingungslose Grundeinkommen. Nein, man verurteilt weder das System, es geht im Vordergrund um die praktische Anwendung der Gesetze, im Sinne der Menschenrechte. Ich weiß schon gar nicht mehr wie viele Male ich an Bewerbungstrainingsmaßnahmen teilgenommen habe. Auf jedem Seminar irgendetwas anderes, in puncto vollkommener Bewerbung einem eingepaukt wurde, mit dem Resultat, die

Verwirrung danach noch zu erhöhen. Maßnahmen, mit dem Titel 50 Plus, besucht, wo Dozent/innen/d befristet angestellt wurden, welche selbst vom Niedriglohn nebst bescheidener Hartz IV- Aufstockung betroffen waren. Sie diskutierten über Themen, wie man sich zur Gegenwehr, wider des Agenda-2010-Schafotts, setzen kann. Sinnvolle Maßnahmen sehen anders aus, wie wäre es doch schön, wenn man sich frei entfalten könnte, aber das ist nicht gewollt. Nein, hier werden gegenwärtig unmündige Verleih-Arbeiter für sogenannte Personaldienstleister, mithilfe von gemeinnützigen und kirchlichen Maßnahmeträgern, nachgezüchtet. Derart gezähmter Leiharbeiternachschub muss Tag ein Tag aus, in der Tretmühle des Verderbens im Elend Hartz IV und Niedriglohn, ihr Überleben siechen. Denn diverse Unternehmen, erliegen der selbstsüchtigen Profitgier, weitere Milliarden zu erwirtschaften und diese dann noch erfolgreich an den Fiskus vorbeischleusen.

Aber zurück zu mir, Nancy. Es war 2014, an einem wie geschaffenen schönen, sonnigen Tag. Da bekam ich eine Einladung von einem mir neu überstellten Kundenbetreuer des Jobcenters. Wie üblich: Standardbrief mit der Androhung kraft vollstreckbarer Rechtsfolgen, dass wenn ich den Einladungstermin nicht einhalte, drastische Sanktionen vollstreckt werden. Ich weiß wirklich nicht, hat man das verdient? Ich habe circa 25 Jahre selbst, anhand betrieblicher Ausbildung einschließlich Beruf, in das System eingezahlt, also mit meinen steuerlichen Pflichtanteil. Ich muss mir eine Strategie überlegen, damit ich möglichst nicht, wie zuvor, angreifbar bin. Ich habe in letzter Zeit eine Veränderung an mir bemerkt, wenn ich mich feminin gekleidet in der Öffentlichkeit bewege, dass dieses mich auf besonderer Weise beruhigt. Es ist schließlich, wie soll ich es beschreiben, eine Art extravagante Persönlichkeit, die sich entwickelt, um einfach immun gegen perfide Angriffe dieser rot grünen Rache zu sein. Ob dies mir beim nächsten Jobcentertermin helfen kann, den Unterdrückungsbemühungen vonseiten des mir neu zugeteilten Sachbearbeiters, genannt Fallmanager, entgegenzuwirken? Ich beschloss, dieses auszuprobieren, da ich mich ja in der Öffentlichkeit gelegentlich »Als Mann in Frauenhülle« zeige, ist dieses in keiner Weise unangenehm für mich.

Termin, um 10 Uhr an einem Dienstag im Frühling 2014. Ich bin sehr früh so richtig gut gelaunt aufgestanden, muss mich ja extravagant, angemessen gepflegt, schön machen für den heutigen Termin im Jobcenter. Da ich ja noch nicht die Gelegenheit hatte, meinen neuen Fallmanager kennenzulernen, stand ich vor der Wahl, wie jede Frau, was ziehe ich an für so ein tolles Ereignis. Ich habe mich dazu bewogen heute nicht als, Nancy, aufzutreten, sondern, Francesca, sollte das Vergnügen haben, da diese Persönlichkeit viel zu selten die Gelegenheit ergreifen kann, sich auszuleben. Ich entschied mich für einen sehr kurzen Lederrock, schwarze Nylonstrumpfhose mit Spitze, schwarze Pumps – die meine Beine sehr zur Geltung bringen, einen BH und in diesen meine zuvor erworbenen Silikonbrüste, eine Bluse etwas durchsichtig, eine Jacke von meiner Frau und Perücke mit schulterlangem Haar rundete mein Outfit ab. Dazu die Augen betont, dunkelroter Lippenstift, das war's. Ich dachte, wenn ihm das nicht gefällt, dann weiß ich auch nicht. Ich würde bei meinem Anblick jedenfalls voll darauf abfahren. Ich war aufgeregt, es war das Erste mal für mich, so, in einer Behörde zu gehen. An der Bushaltestelle zog ich schon einige bohrende Blicke auf mich, aber da war es wieder dieses Gefühl, nicht an tastbar zu sein, fast schon arrogant gab ich meinem

Gegenüber mit einem Blick zu verstehen, dass mir dessen Meinungen über mich am Allerwertesten vorbei gehen.

Ich stehe vor dem Jobcenter, bevor ich in dieses hinein gehe, noch einen prüfenden Blick in den Spiegel, um zu sehen, ob alles an seinen Platz ist. Noch mal ein wenig Puder, den Lippenstift einmal nachziehen. Mit erhobenen Kopf in das Gebäude hinein, es bemerkte mich ein gut aussehender Mann von der Security mit einem, guten Morgen. Ich gab brav entsprechend Antwort mit einem sinnlichen Lächeln und bemerkte, dass er aber ein besonderes Schnuckelchen sei. Mit raschem Augenzwinkern gab ich ihm meine Visitenkarte. Er schaute verdutzt und bedankte sich. Ich ging die Treppe hinauf, zu meiner »Bühne«, es war noch ein wenig zu früh für meinen Auftritt, wollte gerade anklopfen, als eine Mitarbeiterin auf dem Flur mir entgegenkam. Ich zu ihr sagte: »Guten Morgen, darf ich sie etwas fragen?« Sie sagte: »Ja sicher, dafür wären wir ja da.« Ich sagte: »Das ich eine halbe Stunde zu früh da sei, ob ich es wagen kann zu klopfen?« Sie sagte: »Eigentlich ja, aber da sie ja schon mal hier sind, mich so nett angesprochen haben kann ich ja mal Schauen, wann der Kollege Zeit für sie hat.« Ich, mit einem sehr freundlich von ihnen. Ich war erleichtert, bedankte mich mit einem Lächeln bei ihr, mit der Bemerkung wie lieb sie doch sei. Es vergingen die Minuten, die sich anfühlten wie Stunden! Endlich, öffnete sich die Tür und ein, brummiger, Mann sagte, dass ich eintreten soll. Ich mit einem gut vernehmbaren, guten Morgen, und einer kurzen Vorstellung wer ich bin, Wortlaut: » Antonio – Zecca – Antonio Mario, mein Name. Sie können aber auch Francesca sagen.« Die Augen, der Gesichtsausdruck war einfach himmlisch mit anzusehen in den Momenten, wo er so brummig war, weil er scheinbar einen schlechten Tag bis jetzt hatte, so wurde dieser heute noch schlechter für ihn, so war es jedenfalls aus der Sicht von mir zu erahnen. Mit einem mürrischen, sie können sich setzen, von meinem Kundenberater, kam ich der Aufforderung nach. Da mein kurzer Lederrock eng anliegt, so rutschte er ein wenig höher und gab den ein oder anderen tieferen Einblick, auf meine wohlgeformten Beine frei. Dies blieb bei meinem Gegenüber nicht unbemerkt, was ich zur Aufforderung nahm, ihn doch etwas in die Schranken zu weisen, mit der Bemerkung, dass es unhöflich sei, so auf meine Beine zu starren. Er räusperte verlegen, schaute aber nicht mehr ganz so brummig wie zuvor, er lächelte etwas beschämt, als wäre er bei irgendetwas Peinlichem überrascht worden. Er sagte: »Nun gut, warum ich sie eingeladen habe, ich bin ihr neuer Fallmanager und habe die Aufgabe sie weiterhin zu beraten. Wie ich aus der Akte ersehe, so hätte ich doch angegeben, den Staplerschein zu besitzen, da würde sich eine Arbeitsstelle als Gabelstaplerfahrer anbieten. Sie sollen sich bitte bei der Personaldienstleistung KreAktiv melden. Gerne wüssten wir heute noch Bescheid!« Ich sagte: »Vielen lieben dank, für das Angebot, dass ich mich sehr dafür interessiere und mich direkt bei dieser Firma melden werde.« Der Fallmanager schaute siegessicher zu mir herüber, war sichtlich erleichtert, das ich mich so kooperativ, gezähmt zeigte. In meinen Hintergedanken, die werden sich wundern. Da sagte der gute Mann: »So das war es dann auch schon, sie können dann gehen, aber geben sie mir Bescheid, was sich ergeben hat, mit dem Job – Angebot, und auf Wiedersehen.« Ich: »Auf Wiedersehen und einen schönen Tag noch.«

Ich verließ das Jobcenter mit der Genugtuung, dass es doch hilfreich war, so in Erscheinung bei dem Amt aufzutreten. Meinen zuvor brummigen Kundenbetreuer konnte es gar nicht schnell genug gehen, sachlich zum Punkt zu kommen, so unangenehm war ihm wohl, als ich ihm in die Schranken wies, bezüglich seines Fehlverhaltens gegenüber einer schönen männlichen Lady. Ich ging gemütlich in die Remscheider City, da ich ja wusste, wo diese Personaldienstleistungs – Bude KreAktiv ihr Büro hat; war ich überpünktlich vor Ort. Ich sollte mich, so schnell es mir möglich ist, dort Bewerben, so habe ich es jedenfalls verstanden. Ich stand vor deren Niederlassungsbude, schaute an mir herunter, atmete noch einmal tief durch, ging in das Büro hinein, mit einem ekstatisch fröhlichen Hallo sagte ich: »Hier bin ich! Wann kann ich anfangen? Ich komme gerade vom Jobcenter, dort haben die gesagt, Sie würden auf mich warten. Ich bin der Antonio, aber Sie können mich Francesca nennen!« Ich bemerkte schon, dass es auffallend ruhig wurde, man hätte, eine Stecknadel, fallen hören können. Meinen Gegenüber hat es wohl die Sprache verschlagen, anscheinend haben sie nicht mit so was gerechnet, mit einem so motivierten Jobsuchenden wie mich! Ich ließ diesem »Personalseelenüberlasser« gar nicht erst antworten, bearbeitete ihm so mit einem Redeschwall: »Ich erkläre mich bereit auf jeden Fall Arbeitsschuhe zu tragen, aber darauf bestehe auch weiterhin feminine Kleidung zu tragen.« Das war wohl zuviel des Guten; die gaben mir zu verstehen, es gäbe wohl noch andere Bewerber und man würde, vielleicht noch auf mich zurückkommen wollen. Ich bat dort noch um einen schriftlichen Beweis meiner Anwesenheit, zu diesem Bewerbungsauftritt mit Firmenstempel, Datum, Uhrzeit und Unterschrift. Dann verabschiedete ich mich mit einem: »Danke und einen schönen Tag!« Dieses Vorstellungsgespräch dauerte keine 5 Minuten. Ich rief sofort meinen Kundenberater beim Jobcenter an, teilte ihm mit, dass zu diesem Job vonseiten des Arbeitgebers eine Entscheidung noch ausstehe und ihm postalisch den Beweis meiner Bewerbungsbemühung zukommen lasse. Das war es für heute: Ich wahr froh diese lästige Pflicht zu meinen Gunsten abgespult zu haben und beschloss das, mit noch ein wenig zu Shoppen, zu frönen.

***

Im botanischen Garten

30.09.2018 Bochum ein Besuch im botanischen Garten. Ich habe da so jemanden, der sich für exotische Pflanzen interessiert, ich nenne ihn mal Micha. Ich meine jetzt nicht mich, obwohl ich auch als exotisch in meiner Nachbarschaft, angesehen werde. Ich spreche hier von Pflanzen. Doch zurück zu dem eigentlichen Thema.

Den ersten Eindruck an diesem Tag ...

Bin wie verabredet, an diesem sonnigen Sonntag von meinen Leidensgenossen, Micha, mit dem ersten Bus abgeholt worden. Die Busfahrt zum Bahnhof geschah wie üblich mit dem teilweise grimmigen Blicken älteren konservativen Leuten, des Rentensemesters. Man kann sagen bis da hin, wie immer.

Der Bekannte und ich (Nancy) stehen in Remscheid an dem Bahngleis. Als ich ein mir bekanntes Gesicht erblicke. Polat, ein Mann mit türkischen Wurzeln, ein Mitstreiter aus vergangenen Jahren. Das begab sich in einer Ausbildung zum Berufskraftfahrer. Ich überlegte, soll ich ihn ansprechen. Ich entschied mich mutig, ihn durch sicheren Auftritt, mit, Nancy, zu konfrontieren. Seine beachtlich anständige

Reaktion darauf, als er sah, wer ihm gegenüber stand, mit der Frage: »Was ist denn mit dir passiert?« Ich: »Das ich mich ab und an als Frau verkleide und das – Crossdressing – nenne.« Er Lachte. Ich habe mit einer heftigeren Reaktion gerechnet, das weitere Gespräch lief zu meiner Überraschung in einem respektvollen Dialog per Humor weiter. Man konnte an den anderen wartenden Gesinde, den ein oder anderen Gesichtsausdruck wahrnehmen. Emotionen von Ablehnung, Ungläubigkeit, herablassende Blicke anhand tuschelnden Mündern, nebst Gleichgültigkeit, entsprang mein Eindruck. Endlich, der Zug kam.

Endlich, neue Show! Ich setzte mich in Fahrtrichtung, Micha, setzte sich mir schräg gegenüber. Er hat soeben, freiwillig, die Funktion übernommen, andere Fahrgäste genauer zu beobachten. Wie reagieren sie auf mich? Wir mussten nicht lange darauf warten. Eine junge Frau stieg, inmitten Düsseldorf, in unseren Zug ein. Die sich von uns, ein Sitzplatz der gegenüberliegenden Seite des Ganges nahm. Ich schaute Micha an. Er grinste zurück und räusperte sich. Ich fragte ihn, was ist? Seine Körpersprache mittels einer Kopfbewegung in Richtung der Lady. Unbemerkt musterten wir sie penibel. Ihre bösen Blicke in ihr armes Smartphone, wobei ich dachte, ihre bohrenden Blicke lassen es in Einzelteile zerschellen. Mit solcher Bosheit, bei der es mir und Micha dem Rücken heiß und kalt runterlief. Wir fanden es faszinierend und schockierend, zugleich sehr bemerkenswert. Das in einer der größten Stadt Deutschlands überhaupt, das hätte ich eher in unserer Heimatprovinz erwartet!

Umstieg in die Campuslinie U35: Mich hat ein nettes Mädel anvisiert, so meine Ahnung. Micha war unter höchster kämpferischer Hingabe sich mit den Anschlussverbindungen zu beschäftigen und bekam da nichts mit. Inklusive ergab sich die Gelegenheit, ein bisschen meine Kenntnisse in Fern-Flirten zu üben, unbemerkt von meinem Mitleids Genossen. Endlich, the new Show must go on! Unsere Bahn kam, Einsteigen unter unerwarteten Geleit von vier Kontrolleuren, die Nette nahm ein Eingang weiter vorne. Sie setzte sich in meiner Sichtweite. Die Türen schlossen, die Bahn fuhr ab. Ich schäkerte mit der jungen Netten, dass je durch den Aufruf: »Die Fahrausweise, bitte!«, abrupt unterbrochen wurde. Micha zeigte die Fahrkarte, und alles war somit gut. Doch sprach ich, feine Madame, einem der Kontrolleure an, ob ich gleichfalls mit meinem ab Oktober gültigen Ticket fahren darf, was er gütig bejahte. Dennoch ergab sich zwischen den gut gelaunten Bahnbediensteten ein geschickt lockerer Informationsaustausch. Einer dieser Prüfer prüfte präzise, nicht nur dessen, was er prüfen sollte, sondern mehr mein ungewöhnliches Aussehen mit Blicken in höchstem Augenmerk. Die vorletzte Haltestelle vor dem Ziel, das nette Mädel verließ die Bahn mit einem angedeuteten Winken und Augenzwinkern, Schade! Dann eine Station weiter, unser Reiseziel und freundliche verabschiedende Gestik der Kontrolleure. Endlich, jetzt zu den exotischen Pflänzchen!

Exotische Eindrücke

Endlich am Bestimmungsort, Botanischer Garten! Wir wollten als Erstes zum Teich vor den Tropenschauhäusern am Haupteingang, die letzte wärmende Herbstsonne tanken. Im Schatten und im Wind war es empfindlich kalt, der Himmel tiefblau, die Sicht war klar mit schönen Schäfchenwolken. Kurz ein goldener Herbsttag. Wir hatten vorerst kein Bedürfnis nach Kommunikation, denn wir waren erschöpft von diesem Trip. Wir wollten in der Sonne meditieren. Links neben Micha setzte sich eine ansprechende mit-fünfziger Dame hin. Micha zog seine Birken-Latschen aus. Vom Duft seiner nackten Füße wurde ein Prachtexemplar einer Königslibelle (Anax imperator) angezogen, die sich da so richtig mit Wonne dort sonnte.

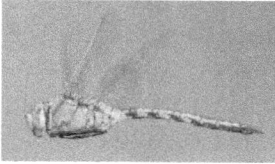

Genau die Libelle kreiste regelmäßig um das Gewässer und landete stets auf Micha´s Füßen, wie ein zahmes Haustier. Das war der Anlass zum albernen Lästern, das Libellen auf schöne Füße stehen. In diesem Frotzeln zwischen Micha und mir brachte sich jene Dame in unseren Plausch ein. Micha erzählte seine Geschichten über seine zahme Haus-Taube, ich über meinen schwarz weißen Kater, Sammy, somit unsere alten und aktuellen Haustiergeschichten. In der Beziehung konnte sie nicht mitreden. Das Gespräch drehte sich da derzeit um die fußzahme Libelle. Das Insekt setzte sich auf die echt weibliche Person neben Micha, die sie verscheuchte. Die Frau äußerte, sie habe Angst vor Libellen, deshalb hat sie das große Insekt vertrieben. Leidensgenosse Micha erklärte, Libellen beißen nicht, die sitzen gerne auf erhöhten Punkten, das sei zur Zeit einer seiner Füße. Von der Libelle schwenkte das Gespräch mit der Dame zum Thema Internet-Dates um. Wir brachten in Erfahrung, dass sie allein lebe und damit glücklich sei. Ich sprach das erbärmliche Thema Kontaktbörsen an, ob analog oder digital. Jene Ältere habe solche Desillusionen diesbezüglich erfahren, schlussfolgerte ihr Anspiel. Micha gab an, er habe von derlei Kennenlernen aus Annoncen genug. Wir sprachen, wie in dergleichen Anzeigen verzweifelt Suchende ihre Identitäten vortäuschen und verschleiern. Dessen erste Antwort erfolgt durch ungebetene Bilder von Genitalien, die wie in der vordersten Billigauslage präsentiert werden. Sind das etwa heutzutage gute Manieren, so unser Aufreger in diesem Plausch. Man kam auf mein Outfit zu sprechen, wozu ich ihr einiges im humorigen italienischen Temperament erklärte. Das Gespräch wechselte vom Aufreger zum zynischen Humor mit guter Stimmung und Gelächter. Die Frau wurde lockerer, vertraulich. Wohlgesinnte Gesellschaft nahm zahlreicher daran teil. Ich kam auf meine freischaffende Tätigkeit als Buchautor zu sprechen, bekundete meine Geübtheit als Crossdresser, was zur unfassbaren Verwunderung von Micha führte. Micha rechnete nicht mit derart vieler positiven Reaktionen der Anteilnehmenden. Ich verteilte da Flyer und Visitenkarten unter heiterer Gesprächsrunde und gab daneben der Frau dergleichen. Nach anderthalb Stunden verabschiedete sich die Dame mit dem Ausspruch, das wir uns mal wieder sehen. »Jedenfalls nicht mehr in diesem Outfit«, empfahl ich zum Abschied. Wir merkten nicht, wie schnell die Zeit verflog, zumal ebendieses Gespräch in seiner Art erlebnisreich war.

Dann schritten wir in tropische Feuchtgebiete des Tropenschauhauses. Es war erstaunlich spät geworden, uns blieb nicht mehr all zu viel Zeit bis zum Schließen der Pflanzenschauhäuser. An diesem letzten schönen sonnig warmen Tag herrschte zurzeit reger Publikumsbetrieb. Um so besser für mich, da kann ich die Reaktionen der liberalen Gesellschaft besser beäugen. So einige inspizierten mich mit penetrant schärfsten Blicken, dennoch war die Resonanz allgemein positiv. Micha entdeckte eine Pflanze (Stapelia leedertziae) mit eindrucksvoller großer Blüte, die einen betörenden Duft, der dicke Stubenfliegen anlockte. Micha sagte, komm, ich habe eine tolle Blume für dich und fächerte mir das Luder-Bukett zu. Ich rümpfte die Nase, die Menschenmassen in der Umgebung gebührten uns in diesem Moment nicht gerade mit Wohlbesonnenheit, ich glaube das lag nicht an meinem Outfit. Man, das war ein negatives Echo. Micha mit seinen Ideen!

Die Familie im chinesischen Garten beim Koi streicheln.

Wir mussten uns allmählich sputen, es war einiges mehr zu sehen, wir gingen zum chinesischen Garten. Micha erzählte mir beim Gehen dorthin, das er zumindest zweimal im Jahr bei diesem Getier vorbeischauen muss, mit dem Namen Koi.

Es gibt, verschiedene Arten, Micha war wiederum in seinem Bestreben, mir Unterricht zu erteilen. Sein Wissen ist, zugegeben wirklich speziell. Toll, dagegen ist Fisch für mich am besten ein Labsal, mit einer guten Soße und auserlesenen Wein, bei einem prickelnden Date.

Es ist nicht all zu ernst gemeint, ich esse kein Fisch, das mit der Soße und dem Wein, vergessen wir wieder ganz schnell. Kommen wir jetzt auf Micha und Nancy zurück!

Wir schlenderten dahin. Micha redete und redete und ich fragte mich, es müsste früher oder später der Faden abreißen. Mich langweilte es immer mehr, als wir auf eine Türkische Gesellschaft stießen, in meinem Kopf erschien ein Szenario, das sie mich wohl beschimpfen würden. So meine Angst, weil in der Türkei so etwas ja nicht toleriert ist, wie uns die Medien deklarieren. Zu meiner Überraschung war es in keiner weise so, Nein, freundliche Gesichter, in schönen Gewändern, von wunderschönen Frauen getragen, es stellte sich heraus, das es eine Hochzeit ist. Ich habe dieses mal die Vorurteile gehabt, zu meinem

Beschämen. Wir erreichten den chinesischen Garten. Hier war extrem viel Publikum, es war eng in den Gängen, so blickte ich in viele Gesichter, zu meist desinteressiert, an mir und meinem Aussehen. Wir kamen nach einer gefühlten Ewigkeit endlich an dem Koi- Teich an, Micha ging zu diesem, setzte sich auf dem Boden und wie selbstverständlich ließ er seine Füße, frei in diesem.

 Ein Koi nach dem anderen kam zu Micha`s Füßen, wie magisch angezogen. Es muss wohl etwas Besonderes, von diesen Extremitäten ausgehen. Wie zuvor an dem Teich mit den Königslibellen, also ich kann Micha`s Füßen nichts abgewinnen, beim besten willen nicht, ich bin ja auch keine Libelle oder Koi, ich bin ja noch nicht einmal ich selber. Auf einmal gesellten sich Kinder zu Micha, fragten ihn aus, worum es ging, konnte ich nur erahnen, gleichzeitig mein Gedanke, das kann dauern. Mir wurde es langweilig, ich weiß nicht was mich dazu bewegt hat hierhin mitzukommen. Aber etwas erblickten meine Augen, ein junger Mann blickte in meine Richtung und hielt meinen erwiderten Blicken

stand. Ich habe wohl sein Interesse geweckt, er unterzog mich mit Wohlwollenden blicken, das mir die Schamröte ins Gesicht geschrieben stand. Er war in etwa so um die Achtzehn-Jahre alt. Es viel nicht nur mir auf, das er sich sehr Interessierte, der Mutter auch. Ich bemerkte die stechenden Blicke von ihr. Ich drehte mich zu ihr, der Mutter zu, wie sollt ich diese Blicke interpretieren, anzüglich, angewidert, Provokant oder nur ungläubig. Es traf wahrscheinlich alles zu, so meine Einschätzung. Ich, auf in den Kampf, es ist mein Schauplatz, und die Darbietung kann beginnen, die Ablenkung von Michael`s Unterricht tat gut. Es kam ein weiterer Umstand dazu, es gesellte sich der Ehemann und Vater dazu. Er begegnete meinen kämpferischen Blick, mit einem freundlichen Lächeln, entgegen, was dem Umstand mit dem Konflikt, der Frau und mir, die Glut, noch mehr entfachte. Was störte sie jetzt mehr, das ich das Interesse für das ungewöhnliche, bei ihrem Sohn entfachte, oder der Umstand, das der Ehemann auch für ein paar Minuten, aus der tristen Ehe ausbrach, Fantasien geweckt werden mit mir? Die Frau stellte sich provokant neben mir, ich bemerkte, dass sich in der Nähe von uns eine Sitzbank befindet, die ich aufsuchte, mit einer gekonnten Bewegung setzte ich mich auf dieser, wobei mein Rock etwas hochrutschte, und weiter für Dramatik sorgte bei dieser Frau. Es kam zu einer Berührung mit meiner Handtasche, diese streifte die Schulter der garstig gelaunten Weiblichkeit. Der doch sehr attraktive Mann, nickte mir anerkennend zu, was ich zur Aufforderung nahm, die Beine abwechselnd mal das Linke, dann das rechte Bein überschlug, was für ein Lächeln bei ihm, den Mann hervorzauberte. Ich kniff ein Auge zu, streichelte mir über meine Nylons, schaute die Frau provokant an, mit einer abwertenden Körperhaltung zu ihr, beendete ich unseren Disput. Das nahm die Frau, als Aufforderung, zum Verlassen dieses Ortes, in einen barschen Tonfall sagte sie zu Ihren Mann und den Kindern, das sie weiter gehen will. Der Mann verabschiedete sich mit einer kopfnickenden Bewegung von mir. Der junge Mann tat es dem Vater nach, er drehte sich abermals mehrfach nach mir um. Michael raffte sich auf, sagte: Sollen wir weiter, es ist schon spät geworden. Ich antwortete: Mir egal. Ich schilderte ihm kurz von der prekären Situation, die zuvor stattgefunden hat. Micha bemerkte, ich habe nichts mitbekommen. Das war ja so etwas von klar, er hat ja nur seine Interessen im Kopf. Verstehe sowieso nicht, warum er wollte, das ich mitkomme. Ich habe ja Verständnis, es ist mir ja bewusst, dass es sein Hobby ist, er darin voll und ganz aufgeht. Ich dagegen komme mir wie ein lästiges Anhängsel vor. Ich liebe auch Tiere und Pflanzen, aber ich habe nicht so ein großes Interesse an jenes. Als wenn sein Desinteresse an meiner Situation nicht reichte, kam noch eine weitere verletzende Bemerkung von ihm, mit dem Spruch das er schon Angst gehabt hat, dass es Heute nur um das Crossdresser Tun, gehen würde. Nun gut, er hat des Öfteren angeboten, mich zu Fotografieren, aber es reichte mir schon lange, Fotos kann ich auch selbst machen. Innerlich war ich in Gedanken schon an Trennung, mit uns. Wir sind viel zu verschieden, eigentlich haben wir so gar nichts gemeinsam, was ich zu meinem bedauern feststellte. Ich habe es nicht nötig, mich so behandeln zu lassen, werde ich beleidigend, wenn Micha pausenlos das selbe Thema von sich gibt, wo ich denke das der Faden irgendwann mal abreißen muss. Aber weit gefehlt, ich denke, das ist schon so verinnerlicht bei ihm, da ist Hoffnung und Malz verloren. Ich ließ mir nichts anmerken, behalte die Fassung, machte gute Miene, zum bösen Spiel. Wir schlenderten weiter, Pflanzen über Pflanzen, es nahm kein

Ende. Als wir wieder aus dem Tropenhaus hinaus gingen, kam es zu einer unschönen Begegnung, mit einem alten Ehepaar.

***

Unschöne Begegnung mit einem Ehepaar der alten Schule.

Kurz vor dem Verlassen des botanischen Gartens flanierten wir an einem alten Ehepaar vorbei. Jene innig liebenswerten, unschuldig, mitleidig aussehenden Großeltern, von denen man nichts Böses ahnt. Sie saßen auf einer Bank und parkten ihre Gehhilfen davor. Micha war hinter mir. Wir vernahmen ein energisches, emotionell cholerisches Zischeln hinter unseren Rücken. Das klang wie von einem aufs Höchste, erregtes, giftigstes Reptil: »Mit so etwas hätte der Führer damals aufgeräumt!« Wir waren uns nicht sicher, wem solcher Emotionsausbruch galt. Das war eine eindeutig negative Reaktion, die zweite für heute.

Veränderung im Sein!

August 2019

Ich Nancy, bin in einer Sache, was jetzt unmittelbar mit dem Crossdresser zu tun hat, noch um einiges selbstbewusster geworden. Mein innerstes Sein hat sich geändert. Früher schaute ich immer verzweifelt nach günstigen Kunsthaar. Dabei braucht es das zwingend nicht, es geht doch in erster Linie darum, die Kleidung des Jeweiligen auserkorenem Geschlechts zu tragen. Nicht umsonst wird bei Crossdressing, es so formuliert als über Kreuz tragen, der jeweiligen Kleidung. Deshalb wozu eine Perücke? Eine Perücke trägt man nur dann, wenn man eine Frau oder ein Transvestit sein möchte. Ich dagegen, mittlerweile bin zu dem Entschluss gekommen, auch ohne ein künstliches Haarteil hinaus zu gehen. Ich habe mir die Haare bis zur einer Glatze abrasiert. Mit dem Resultat, dass ich mir so besser gefalle als mit einem Haarersatz.

Ich muss dazu sagen, dass die Resonanz im WWW. Sehr Positiv ausgefallen ist. Man muss es aus der perspektive, der weiblichen Crossdresser sehen, Kaufen sich Frauen, Perücken um wie Männer zu wirken? Eventuell Bärte? Eher nicht.

Das auf dem Bild bin ich, Nancy.

Es gibt durch aus noch Momente, wo ich eine Perücke trage, der Abwechslung sei dies geschuldet. Da mein Haar doch sehr störrisch ist, wenn ich es länger trage, muss ich auf dieses mittel zurückgreifen.

Sonntag den 7.07.2019

Es ist ein zum Teil bewölkter Tag. Mir überkam es ganz spontan, dass ich etwas Spazieren gehen wollte. Da ich drei Persönlichkeiten zur Auswahl habe, Antonia, Nancy, Francesca. Ich entschied mich an diesem Tag für Francesca, Francesca trägt am liebsten Kleider. Schminken ein unbedingtes Muss, nicht zuviel, eher dezent. Da es etwas Frisch draußen ist, entschied sie sich für ein langes Kleid, eine blickdichte Strumpfhose, Sandalen und eine schwarze Lederjacke rundeten ihr Outfit ab. Es wurde ein abwechslungsreicher

Spaziergang. Ich ging in den Stadtwald, es kamen einige, mir bekannte Gesichter entgegen, ich wurde freundlich gegrüßt. Es kam mir ein Hund lauthals bellend entgegen, ein Mann versuchte seinen Hund, zu beruhigen, mit dem Ruf, das es nicht die Mama sei, ich streichelte den Hund. Der Mann kam zu mir, er entschuldigte sich für das Benehmen seines Vierbeiners, mit der Aussage, dass ich seiner Frau von weiten ähnele. Aber bei nähere Betrachtung, ich doch um einiges Verlockender wirke wie seine Frau. Er begleitete mich ein Weilchen, er tat sehr interessiert. Ich gab ihm eine Visitenkarte, sagte noch zum Abschied, das wir es gerne wiederholen können, dass Spazieren gehen.

Ich ging weiter, zwischen durch machte ich Selfies von mir, sowie kleine Filme, zu sehen unter Crossdresser Antonio Zecca auf You Tube, (Cross – Dresser Nancy).

So langsam taten mir die Füße weh, ich setzte mich auf einer Bank, an der Remscheider – Talsperre. Ich zog die Sandalen aus, eine Blase an der dicken Zehe, zum Glück habe ich für so etwas immer Pflaster dabei. Ein Läufer kam da her, er sprach mich an, da ich in dem Kleid etwas Probleme habe, das Pflaster richtig zu Platzieren.

Mein Glück, das mein Retter etwas zeit hat, er sah ziemlich abgekämpft aus, da kam ich ihm gerade Recht, so konnte er verschnaufen und mir zur Hand gehen. Als Belohnung durfte er meine Füße massieren und den einen und anderen Blick unter meinem Kleid werfen. Mit einem fetten Grinsen, einer doch beachtlichen Ausbeulung in seiner kurzen Hose lief er weiter. Ich dachte was für ein Tag, da ist man in Kontaktbörsen eine lange Zeit erfolglos und Heute an diesem Tage schon zwei Erlebnisse. Ich habe genug, setze mich in Bewegung in Richtung Michael, schaue ob er zu Hause ist. Leider ist er nicht zu erreichen, noch zu Hause, er wollte ja etwas unternehmen. Es kam noch eine weitere Überraschung, ich humpelte weiter. Blieb des Öfteren stehen, ein Mann etwa Mitte 50 Jahren hielt mit einem SUV A

uto der Marke mit Stern an, er fragt, ob er mir helfen kann? Ich sagte: »wobei.« Er fragte: »Wo ich hinmüsste?«

Ich antwortete: »Nach Hause, zum Hasenberg!«

Er sagte: »Komm steig ein, ich muss auch nach Lennep.«

Ich: »Danke, sehr freundlich von ihnen.« Wir stellten uns aneinander vor. Er hatte so einige Fragen, was es mit der Verkleidung auf sich hat. Ich erklärte es ihm, so gut ich konnte. Man merkte ihm seine Nervosität an, er nahm sich ein Herz, er kam mit der Sprache heraus. Er interessierte sich bereits lange für dieses Thema, er wollte eigentlich an diesem Sonntag, nach Köln zur CSD. Doch ihm fehlte der Mut dazu, ihm wäre es zu peinlich auf Bekannte zu treffen. Jetzt ist er auf dem Weg nach Hause. Er ist ein Junggeselle und wohnt in Lüttringhausen, er ist immer so drei Wochen auf einem Containerschiff unterwegs. Er wollte es immer früher oder später ausprobieren, wie sich das anfühlt, Nylon´s zu tragen und mehr. Ich machte ihm den Vorschlag mit zu mir nach Hause zukommen, als dank für seine Hilfe, ich mich auf diese Art erkenntlich zeigen will. Er war überrascht von mir. Er sagte: »Ob ich keine Angst hätte, einfach jemanden mit zu sich zu nehmen.« Ich antwortete: »Das ich mich sehr gut verteidigen kann. Warum sollte ich mich wehren wollen, bei einen richtigen Mann?« So fuhren wir zu mir nach Hause. Es wurde noch ein richtig schöner Rest vom Tag. Vielleicht ergibt es sich ja noch einmal. Eins kann man sagen, wir sind beide auf unsere Kosten gekommen. Er hat eine Wohnung, für sich alleine. Wenn ich eine

Wiederholung möchte, könnte ich ihm anschreiben.

Manchmal kann alles so einfach sein. Wäre Micha zu Hause gewesen, wäre mir eine nette Person, durch die Lappen gegangen.

Gegensätze

Juli 2019

Es ist ein aufregender Monat, nicht nur das es endlich Sommer ist, nein auch die Hormone spielen verrückt. Ich bin in diesem Monat fast ausschließlich als Crossdresser unterwegs, sei es auf einem Ausflug zur Schlossburg, oder aber auch privat mit Micha und auch alleine. Es ist so befreiend, früher ging es mir nur um das hin und wieder, ja Outdoor hinausgehen war nie ein Problem. Nein im Gegenteil, von Anfang an habe ich es durchgezogen, egal wie dilettantisch ich aussah. Doch dieser, Monat, Juli hat es in sich, es ist geschehen, woran ich, wir, nie daran dachten, da meine ich Micha und meine Wenigkeit – Nancy. Ich kenne Micha jetzt schon so lange, mir ist es nicht im Geringsten je eingefallen, mit ihm eine Freundschaft zu beginnen, warum ich es nicht wollte weiß ich nicht. Es gab keinen Grund dafür, wir trafen uns öfters, er trägt Zeitungen aus Mittwochs und Freitag, sein Einkommen etwas zu erhöhen, warum auch nicht, besser als vor Langeweile zu sterben. August 2018 war es ein sonniger Tag und extrem heiß, an diesem Tag trafen wir uns auf der Straße, immer wenn Micha und ich uns begegneten, war es vor programmiert, das es eine sehr lange Unterhaltung wird. Ich begleitete ihn ein Stück des Weges, damit er auch seinen wohlverdienten Feierabend antreten darf. Es ist eine undankbare Tätigkeit, weiß Gott. Die meisten der Empfänger der kosten losen Zeitung, würdigen nicht die Anstrengung bei so einer Affenhitze, nein im Gegenteil es wird denunziert, auf übelster weise, es wird erst gelobt, in Form einer kleinen materiellen Zuwendung, bei der nächsten Kontrolle angegeben, dass die Zeitung schon wochenlang nicht zugestellt wurde. Ich bin anfangs immer nebenher gelaufen, ab und an gab mir Micha eine Zeitung mit der Ansage, dass ich diese in der Mitte falten soll und in den Briefkasten werfen soll. Ich tat ihm gerne den gefallen. Es begann schleichend, ich durfte mal eine Straße alleine bestücken, es machte mir sogar Spaß. Irgendwann war es soweit, das ich alleine einen Bezirk belieferte. Bis heute mache ich den Freundschaftsdienst. Doch zurück August 2018 ein sehr heißer Arbeitstag ging dem Ende entgegen, Michael kam auf die Idee, etwas Trinken zu gehen, in der Nähe gibt es einen kleinen Kiosk. Ich dachte mir, bevor ich anderen das Geld in den Rachen schmeiße, da können wir auch zu mir nach Hause gehen, dort Kaffee trinken, ist billiger und gemütlicher und wir

können unseren Plausch weiter zelebrieren. Fort
an hat es sich nun so ergeben, dass es in der Regel
fast jeden Mittwoch ist, das Michael zu uns,
meiner Frau und mir kommt und zu Mittag mit
uns speist. Mit der Zeit wurde es immer vertrauter
zwischen uns. Micha schlug mal vor etwas
gemeinsam zu unternehmen, sonntags mal
zusammen Wandern, wenn das Wetter nicht mit
spielte, schauten wir Filme mit unserem kleinen
Heimkino. Ich war aber nach wie vor überzeugt,
das ich keine Freundschaft anstrebe, was ich auch
von Zeit zu Zeit kundgetan habe. Ich habe so viele
Enttäuschungen hinter mir, von angeblichen
guten Freunden. Das es mir sehr schwerfällt eine
solche Beziehung einzugehen. Ich bin der
Meinung, Kumpel reicht völlig aus. Es ging eine
weile auf und ab, für das ab ist Nancy in Gewisser-
Weise immer daran Schuld, sie ist etwas
sonderbar. Michael ist ein anderer Zeitgenosse,
beileibe. Ich bin ein moderner Mensch, wenn ich
digital kommuniziere, dann erwarte ich von
meinem gegenüber eine Antwort, doch diese kam
nicht oder so spät, das wir es auch mit einem Brief
mit der Postzustellung tätigen können. So sagte
ich, dass es keinen Zweck dient, diese
freundschaftliche Beziehung aufrecht zu halten.
Micha fiel aus allen Wolken, aber er gab nicht auf,

irgendetwas muss es ja geben, dass wir immer zueinanderfinden.

14.Juli 2019

Michael hat mir oft versprochen mal nach Kloster Knechtsteden mit mir zu fahren, es ist eine schöne Gegend. Das Wetter spielte oft nicht mit. Ich war enttäuscht, ich bin ja auch sehr ungeduldig. Aber jetzt war es soweit, es sollte der 14. Juli sein, ich freute mich sehr darauf, ich machte mich Schick, ging als Crossdresser wie zuvor schon sooft. Michael stört es nicht, im Gegenteil er hat seinen Spaß dabei, damit er mich mit seinen Bemerkungen, aus der Bahn werfen kann, er sagt immer wegen der Kleidung, eben das aufreizende, würde er Krallen entwickeln, wie aus dem Film, namens Freddy Krüger.

 Ich bin dem nicht abgeneigt, beantworte dies mit einem jähen Ausruf: »Das es sowieso nur leere Versprechungen sind!« Es ist auch nicht erstrebenswert, dass er mir an die Wäsche geht, dafür sind wir zu verschieden, so dachte ich es immer. Aber dieser Sonntag, war anders, harmonisch, Michael ist zu mir anders in seinem Verhalten, er merkt es vielleicht gar nicht, wie lieb er ist zu mir, zuvorkommend, es fühlt sich

eher wie ein Date an, als nur ein Ausflug. Ich sehe ihn ab diesen Tag, etwas mit anderen Augen. Meine Gedanken gingen zurück, an diesem Punkt waren wir schon mal, aber die Zeit war eine andere, es war damals viel zu früh, einen Angriff auf seine Person zu starten. Er sagte eh immer, dass ich nicht sein Typ von Mann bin, ich sehe es wahrhaftig, genauso. Und doch ist es eine knisternde Atmosphäre zwischen uns, man sagt im allgemeinen Volksmund, nicht umsonst, Gegensätze ziehen sich an. Ich dachte mir, soll ich es noch einmal versuchen bei ihm, bin mir aber selbst nicht bewusst, warum ich es will.

Mittwoch half ich ihm wieder, bei seiner Arbeit, alles wie gehabt, zwischen 13 und 14 Uhr, erscheint er zum Mittagessen wie immer, alles beim alten. Wir plauderten, dann kam der Zeitpunkt, wo Micha sein Schönheitsnickerchen machen muss, damit er mir beim Schreiben konzentriert helfen kann. Dann arbeiteten wir gemeinsam an meinem Manuskript, irgendwann wurden wir zu Müde, wir legten uns etwas auf dem Sofa, ich habe die Angewohnheit mich immer mit einer Decke zuzudecken. Nur Micha hat keine, so bot ich ihm an, ob er nicht mit darunter möchte, er stutzte, entschied sich dazu, es auszuprobieren. Als wir so neben einander lagen, kam in mir das Verlangen auf ihn zu streicheln,

Micha ließ es zu, zu meinem Erstaunen, ich fing an, energischer auf Tuchfühlung zu gehen, seine Reaktion war eindeutig, ich spürte seine Erregung, im gleichen Augenblick, viel es mir wie Schuppen von den Augen, ich bekam ein schlechtes Gewissen, dachte nur, was machst du. Er muss gleich nach Hause fahren, mit seiner Erregung, ich habe es besser, ich bin zu Hause. Erregt bin ich auch. Aber ich muss nicht hinaus gehen. Ich entschuldigte mich, bei ihm, mit einen Kuss auf die Wange, sagte dazu, das ich ihn gerne Oral verwöhnen möchte, aber ein anderes Mal, wir verabredeten uns für Freitag bei ihm zu Hause. Freitag war es dann so weit, ich war wie immer viel zu früh unterwegs, als ich bei Micha angekommen bin, war ich sehr aufgeregt, was wird geschehen, wird es ein uns geben, was wenn er es nicht will, wie wird meine Reaktion sein, es sollte eigentlich nie dazukommen, so haben wir es einmal besprochen, jetzt was nun, wo soll das hinführen. Ich ging auf Angriff, habe Erfolg, meine Strategie ging auf. Es war für mich ein so wundervolles Erlebnis, habe mit Micha das erlebt, was ich mit Torsten nie hatte, Zärtlichkeiten, Liebkosungen nicht nur die schnelle Nummer und weg. Es verging die Zeit so schnell, dass wir erstaunt waren, dass es schon so spät war, wir wollten ja noch ein bisschen spazieren gehen, sind wir danach ja auch, Micha wie immer besorgt um mich, das ich wohlbehalten nach Hause komme. Ich bin gespannt, wo das hinführen wird mit uns. Aber ich sehe Michael mit ganz anderen Augen an, es ist seltsam, aber ich habe bei dem ersten mal, eine Vertrautheit gespürt, wie früher mit meinem besten Freund, es ging uns damals nicht nur um Sex, nein es war im Grunde nur Zeit miteinander zu verbringen. Was kann ich noch dazu sagen, nicht viel, nur das ich Micha lieb habe und er meinen Respekt hat.

Eifersucht provozieren, wie erbärmlich von Micha!

Wir sind zurzeit so drei Wochen zusammen, ich bin im siebten Himmel, was das mit Micha und mir betrifft. Freitag, den 02.08.2019 war ich bei ihm zu Hause, es war so schön mit uns, die Zeit verflog so schnell wieder einmal. Michael wie immer besorgt, das ich nicht nach Hause finde, er begleitet mich. Er kommt immer noch etwas mit zu Uns, wir Essen zusammen, plaudern und wenn es die Situation zulässt, kuschel ich mich an ihm, noch ein Weilchen, bis er zu sich nach Hause fährt. Auch an diesen Freitag war es so. Wir müssen beide früh aufstehen, ich stehe sowieso sehr früh auf, da ich gegen zwei Uhr in der Nacht anfange, damit ich früh fertig bin, mit dem Zustellen der Zeitungen. Micha kommt etwas später dazu, an diesem Samstagmorgen kam er auch gegen fünf Uhr fünfzehn an. Er berichtete mir, wie er nach Hause kam, waren wohl Kontrolleure der Firma, wo er als Zusteller arbeitet, vor Ort. Diese befragten Michael, über dies und das. Unter den Kontrolleuren muss wohl ein junger Mann gewesen sein, der wohl sehr gut aussah, angeblich, Michael anlächelte, ihm zugeneigt sei, was Michael wohl sehr gefiel. So in etwa schilderte Michael es mir, unverblümt. Ich dachte mir zu dem Zeitpunkt, noch nichts dabei. Er wiederholte es so einige Male noch, weil er weiter erzählte, wenn Micha in seinen Redefluss ist, hält dieser sehr lange an. Es kam an der Zeit, wo wir uns trennen, ich mache in meiner alten Heimat weiter, mit der Zustellung, Micha geht in einen anderen Bezirk, doch zu vor gehen wir, an einer Tankstelle frühstücken, als ein verlängerten Abschied. In der Regel sehen wir uns erst wieder, am nächsten Mittwoch. Kurz bevor wir uns verabschiedeten, kam Micha noch mal auf dem Punkt, mit dem jungen Kontrolleur zu sprechen. Er sagte: » Das er ihn, den jungen Mann, so heiß gefunden hat, dass er ihn gerne mit zu sich in seine Wohnung genommen hätte.« Ich drehte mich jäh um und ging, er lachte, schüttelte seinen Kopf, in seinen Augen war es angeblich nicht so ernst gemeint, ich ging noch einmal zurück, verabschiedete Michael, mit einem Kuss auf die Wange. Micha wollte mich noch ein bisschen begleiten, was ich aber nicht wollte, er sollte meine Tränen nicht sehen. Denn was er zuvor von sich gegeben hat, traf mich mitten ins Herz, den ganzen Weg, bis nach Hause weinte ich bitterlich. Den Tag zuvor noch so glücklich, mit einem Mal alles vorbei. Reiche ich ihm nicht, so meine fragenden Gedanken? Ich lasse ihm doch seine Freiheit, so wie er mir meine, obwohl ich es lieber hätte mit ihm viel mehr Zeit zu verbringen, weil ich in sehr Lieb habe. Aber anscheinend bin ich nicht gut genug, in mir brodelt es. Ich dachte über alles noch einmal in Ruhe nach. Warum hat er sich denn auf mich eingelassen, wenn er es nicht ernst meint. Wenn das jetzt aus ist, obwohl es noch gar nicht richtig angefangen hat. Dann ist es für mich jedenfalls alles aus, dann gestatte ich keine Besuche zu uns mehr. Ich dachte, Michael hat Erfahrungen, wäre ein gestandenes Mannsbild, aber das, was er mit mir jetzt gemacht hat, ist mit einem Wort zu klären, erbärmlich. Ich schreib es mir hier von der Seele, bin wieder einmal dabei, am Weinen, so hat es mich getroffen, kann ich es ihm verzeihen? Ich weiß es im Moment nicht. Ich weiß, dass ich keinen Besitz – Anspruch an ihm habe, so wie er es auch nicht an mir. Wenn er solche Gedanken hat, wenn er jemanden, sehr attraktiv findet, dann soll er es für sich behalten, aber mich eifersüchtig machen wollen, mich kränken zu wollen, wozu? Hat er so wenig Selbstvertrauen, will er ständig zu hören bekommen, wie ich zu ihm stehe? Wie sehr ich ihn mag? Hier beteuert er, dass er mich mag, dass es so weiter gehen kann mit uns, über Jahre hinweg, im selben Augenblick verletzt er mich aufs Tiefste. Ich habe einen sehr schönen Samstag gehabt, einen Nervenzusammenbruch vom feinsten, so hat mich das getroffen. Ich schäme mich nicht für all die Tränen, die geflossen sind, ich stehe zu meinen Gefühlen, ich besitze die reife dazu. Und doch denke ich immer an Micha, ich habe ihn trotzdem Lieb, aber ob es eine Zukunft geben wird mit uns, wird die Zeit mit sich bringen.

Versöhnung oder Abschied?

Montag, den 05.08.2019, ich stehe gegen 5 Uhr früh auf. Die Gedanken lassen mich nicht los, sie kreisen in meinem Kopf ständig umher, die Frage nach dem Warum. Aus welchen Grund hat er mich in dieser Weise verletzt? Ich ziehe mich an, gehe Laufen, muss den Kopf freibekommen. Als ich zu Hause ankam, sendete ich eine SMS an Micha, ich wollte eine Versöhnung mit ihm. Es kam erst nichts zurück, man kennt das ohnehin von Micha! Es wurde Nachmittag. Bald kam eine Antwort, das er sich entschuldigt für das, was er mir angetan hat, seine fadenscheinige Ausflüchte die nichts im Zusammenhang mit der aktuellen Situation zu tun haben. Er simste, er möchte einkaufen und sei weiterhin online. Ich sprang über meinen Schatten, habe ihn angerufen. Er war sofort am Telefon, als hätte er darauf gewartet. Ich fragte Micha, ob er ein wenig Zeit hat, das ich Auge in Auge mit ihm reden will. Wir trafen uns, nahe seiner Behausung. Bei dem Anblick von ihm eilten mir in absehbarer Zeit die Tränen in die Augen. Es war in diesem Fall ein bewegend unpoetisches Begrüßungsritual. Micha redete wie ein Wasserfall. Er sagte etwa: »Oh, genau im richtigen Moment. Ich bin im Geschäft vor eine Wand gelaufen und dem Weinen nah. So hat mich das mitgenommen, das Telefonat mit dir«, derart das ich schluchzte. Mit solcher emotionaler Situation war Micha hoffnungslos in den Augenblick überfordert. Ich machte ihm behutsam verstehbar, ich meine es aufs Äußerste ernst, dass ich ihn liebe. Wahrscheinlich nahm er es unabhängig davon, nicht auf die Art ernst. Er sagte: »Meinerseits habe der Entschluss in der Luft gelegen, mit dir Schluss zu machen, weil du oft wegen Nichtigkeiten beleidigt bist.« Ich unterbrach ihn, ich beteuerte, dass ich es aufrichtig ernst meine und ich die Reife besitze es auszudrücken. Ich weinte bitterlich, Micha fing desgleichen an. Er sagte: »Ich kann das nicht, ich will dich nicht verlieren!« Ich antwortete: »Das will ich auch nicht.« Er vertraute mir weiterhin an: » Das er um keinen Preis weinte, wenn eine Beziehung endete, schon gar nicht um einen Mann.« Ich sagte: »Komm, setze dich zu mir.« Wir weinten gemeinsam, gingen später gemeinsam spazieren und wir küssten uns. Er brachte mich zu jener Zeit nach Hause, da bewegte mich lebhaft die Frage, warum er mir das angetan hat? Micha wusste es ebenso nicht besser. Meiner Auffassung nach, denke ich, er wollte testen, ob ich eifersüchtig werde. In diesem Fall, könnte es ihm verraten, was ich in Wirklichkeit für dies jene Beziehung empfinde. Männer und Gefühle zeigen, eine Blamage! Ich habe ihm verziehen. Trotzdem tat es weh. Wären wir länger in einer festen Beziehung gewesen und er daneben versucht, hätte mich eifersüchtig zu machen, das sei für mich verständlicher. Aber nicht in den ersten drei Wochen. Ich stelle jetzt Bedingungen an ihn, ich will viel mehr Zeit mit ihm haben. Strafe muss nun mal sein!

Tagebuch 11.08.2019

Sonntag sieben Uhr frühmorgens. Ich bin an diesen Sonntag mit Michael meinen Liebsten verabredet zum Wandern. Ich stehe wie immer sehr früh auf, da ich mich ja auch, auftakeln muss, dieses sehr Zeit aufwendig ist. Gegen zehn Uhr fünfzig treffen wir uns an der Haltestelle-Talsperrenweg. Seit vergangenen Freitag ist alles so wundervoll zwischen uns, wir schwingen in Harmonie miteinander.

Aber zurück zu diesem wundervollen Sonntagmorgen.

Ich habe mich schick, zu recht gemacht. Es ist schon normal für mich, in einem Kleid in der Öffentlichkeit mich sehen zu lassen so auch in öffentlichen Verkehrsmittel. Die Busfahrer kennen mich schon, da ich öfters alleine so gestylt mit ihnen gefahren bin, es sind auch noch ex Kollegen von mir dabei aus einer früheren Beschäftigung bei dem Busunternehmen der Stadtwerke Remscheid. So wird man von den Chauffeuren mit einem respektierlichen freundlichen Hallo begrüßt, aber ich kenn auch brummige Gesellen darunter. Dies hat nichts mit mir zu tun, es ist ihre Art eben, morgens muffelig zu sein, ich kann das beurteilen, da ich diese Beschäftigung auch nicht gerne getätigt habe. Wir sind unterwegs nach Remscheid zu Friedrich – Ebert – Platz, nehmen dort die Buslinie 615 Richtung Wuppertal. Michael möchte mir die Gegend zeigen, wo er bei seinen Großeltern von Zeit zu Zeit mit seiner Schwester aufgewachsen ist. Ich höre mir seine Erzählungen gerne mit großen Interesse an. Wir gehen Hand in Hand durch den Wald, Reiterinnen kommen uns freundlich entgegen, grüßen uns mit einem Lächeln auf ihren Lippen. Es ist doch sehr mühselig, mit den Pumps hier im Wald zu gehen, da kommt eine kleine Pause uns gerade recht. Wir machen ein kleines Picknick, gestärkt gehen wir weiter, ich muss mir nur vorher noch die Sandalen anziehen, da ich merkte, dass sich eine Blase an den Zehen, sich ankündigte. Michael hat die Idee zum botanischen Garten, in Wuppertal zu gehen, es bot sich an, dieses mit der Schwebebahn zu verwirklichen. Als wir nach einer kleinen Weile mit der Bahn, endlich die Haltestelle zu dem botanischen Garten erreichten, kam zu meiner Überraschung noch ein Hindernis in Form von Treppenstufen, ohne ein sichtliches ende auf mich zu. Ich war nicht mehr so angetan von der Idee hier zu verweilen, aber ich wurde eines Besseren belehrt, als wir endlich die Treppe hinter uns gelassen haben kam Michael mit der Sprache heraus, dass hier auch vor dem botanischen Garten ein Bus halten würde, er betone es nur, falls wir es noch einmal vorhaben würden hierher zu kommen, ich du Halunke, kannst du das nicht vorher sagen. Michael hat es sichtlich Spaß gemacht mich zu veräppeln. Micha zeigte mir den Park, es war dort eine Aussichtsplattform, wieder Treppenstufen, die diese Bezeichnung eigentlich nicht verdienten, es war sehr eng dort, man musste, aufpassen nicht von anderen entgegenkommenden Besuchern, von diese angerempelt zu werden. Als wir oben ankamen, war die vergangene Schinderei wie weggeblasen.

Ausblicke

Der Ausblick ist bildschön, über das besagte Areal.

Wir gingen von dort zum Tropenhaus.

Michael war in seinem Element, er ist ein leidenschaftlicher Erzähler, bei diesem Thema ist er in seinem Element. Ich dagegen als leihe bin diesem Thema nicht so sehr zugetan, dennoch höre ich seinen Erzählungen sehr gerne zu.

Ein weiterer schöner Tag ist erwähnenswert für unsere Erinnerungen: Ein herrlicher Sonntag, wieder sind wir wie so oft zuvor, auf Wanderschaft. Ja, das Wandern verbindet uns. Wir lieben die Natur und Michael liebt diese in einer Art und Weise mehr wie ich, es ist seine Passion, jedes noch so kleine Gewächs akribisch zu untersuchen. Manchmal bin ich genervt davon, mit eiligen Wanderschritten, wo ich Mühe habe mitzuhalten, während ich mich in meinen Damenschuhen abquäle. Dann unvermittelt eine Viertelstunde Pause folgt, um Michas nicht gerade interessanten Belehrungen zu lauschen. Trotz alledem liebe ich diese gemeinsamen Augenblicke, zumal wir zwischendurch eine geruhsame Rast machen.

So in Zweisamkeit, in Ruhe und Ehrfurcht vor der Natur. Im Genuss, jener Lichtspektren, Sonnenstrahlen, die durch das Blattwerk des Waldes, eine zauberhafte Stimmung erzeugt. Wir verfallen zutiefst, diesem mystisch, magischen Moment. Es beflügelt die eigene Fantasie, verleitet zu spiritistischen Gedanken, jenes doch mehr dahinter stecken möge, als einzig die Evolution.

Den Moment mussten wir fotografisch festhalten. Ich war überglücklich, solche Sphäre im Wald von

Kloster Knechtenden mit meinem Liebsten teilen zu dürfen.

Nach so schöner Wanderung kehren wir natürlich, schon mal ein. Wir freuen uns auf ein schönes gezapftes Schwarzbier, und eine deftige Mahlzeit, da sind die Strapazen, unter mäßig tauglichen Schuhwerk, wie weggeblasen. Es sind die kleinen Momente, die das Leben so lebenswert machen.

In einer Liebesbeziehung geht es immer auf und ab. Ich bin ein Mann in einer Rolle als Frau, bin da auch schon mal zickig, launenhaft und gebe das gerne zu. Allerdings verspüre ich mittlerweile Argwohn in unserer Beziehung. Die Zeit wird es mit sich bringen, ob es ein Uns weiterhin geben wird. Ich beende dieses Buch mit einem Versprechen an Michael Bartke, der mir bei diesem Werk, mit viel Geduld geholfen hat. Was mit einer Gefälligkeit begann, endete mit Liebe und Leidenschaft.

Ein Versprechen meinerseits an dich mein Liebster. Du weißt, dass ich manchmal impulsiv bin. Im Allgemeinen gebe ich zu schnell auf, was ich damit sagen will, es ist augenblicklich alles ziemlich zerbrechlich zwischen uns.

Es kam an einen Sonntag fast zu einem Bruch zwischen Uns. Ich war an diesen Tag ein wenig betrübt. Aber denke, ich war im Recht, selbst wenn einer nicht die harmonische Beziehung in der Vergangenheit genossen hat, gibt es ihm nicht die Freiheit, einen grundlos zu verletzen. Es ist klar, dass wir beide es nicht leicht mit unseren Eltern hatten. Wir haben uns an einen Punkt begeben, voneinander zu lernen. Ich gebe mein Versprechen an dich hier und jetzt, dass ich noch nie nach in dieser kurzen Zeit einen Menschen geliebt habe wie dich Michael. Ich sage, dass ich dich liebe, es mir vorstellen kann mit dir zu leben, und es mir von Herzen wünsche, mit dir bis zum Ende unserer Lebenszeit vereint zu sein. Habe dich gefragt, ob du mein Mann sein willst, du hast mit einem, Ja, geantwortet. Bedauerlicherweise ist alles viel komplizierter, da ich einer Person einen Schwur leistete und an diesem Ehrenwort gebunden bin. Wer wäre ich, dieses zu brechen. Du sagst, das ist nicht richtig derlei zu tun. Da würden in dir eines Tages Zweifel aufkommen, ob das Versprechen an dich ehrlich gewesen war, weil ich es schon einmal gebrochen habe! Deshalb bitte ich dich um Verständnis, das ich meine Frau nicht nach über dreißig Jahren Ehe ohne Weiteres verlassen kann.

Es ist erschreckend, wie zerbrechlich alles im Leben sein kann.

Ich verspreche dir, dass ich es versuchen werde, mich in Geduld zu üben, mein Bestes zu geben und weiter an uns glauben. Du musst mir helfen, wenn ich den gemeinsamen Pfad verlasse, wie ich dir helfen würde!

In ewiger Liebe zu dir, mein Liebster.

Ende

Lightning Source UK Ltd.
Milton Keynes UK
UKHW010956080223
416610UK00015B/1697